LES MAITRES DE L'AVENTURE

D1665868

Michel Grimaud

LE PARADIS DES AUTRES

Rageot • Éditeur

Illustration de couverture : Alain Gauthier
Copyright © 1973-1986 Éditions de l'Amitié
G.T. Rageot – Paris. Loi n° 49956 du 16 juillet 1949
sur les publications destinées à la jeunesse,
Tous droits réservés pour tous pays

DIFFUSION HATIER
N° d'édition 1066 – ISBN 2-7002-0387-9
ISSN 0293-9363

« N'est-il pas nourri de
même nourriture, blessé des
mêmes armes, sujet à mêmes
maladies, guéri par mêmes
moyens, réchauffé et refroidi
par même été, même hiver,
comme un chrétien? Si vous
nous piquez, saignons-nous
pas? Si vous nous chatouillez,
rions-nous pas? Si vous nous
empoisonnez, mourons-nous
pas? »

SHAKESPEARE – *Le marchand
de Venise.*

chapitre **1**

chapitre 1

LE PAYS DE COCAGNE

Devant les yeux de l'enfant roule encore le
flot moutonneux des nuages, glissent les dernières images aperçues : la mer, une grande
ville, des nœuds routiers, la campagne. Ils
quittent l'aérogare en autobus.

– Dis, cette ville là-haut..., enfin... celle
qu'on voyait de l'avion, je veux dire..., nous
allons là?

– Non. Une autre, par là-bas, je crois.

L'homme fait un geste vague en direction
du sud. Plus tard, dans le train, il soupèse en
riant la valise de carton contenant tous leurs
biens.

– Elle est légère! Nous ne sommes pas bien
riches. Toi surtout... Je t'achèterai un pantalon
de velours et aussi une veste, je veux que tu
sois beau pour aller à l'école!

L'enfant sourit, tout en regardant défiler le
paysage. Ce pays-ci semble plongé en pleine
opulence : partout de grandes maisons, des

voitures en nombre incalculable, des lignes électriques dans toutes les directions. Une activité de ruche prospère.

La porte du compartiment s'ouvre, un homme passe la tête, hésite une seconde, puis vient s'asseoir sur la banquette. Une dame suit, regarde à l'intérieur, a une moue réprobatrice et disparaît. C'est ensuite le tour d'une grosse femme encombrée de paniers. D'une mine sévère elle jauge le père et le fils, puis décide de s'installer là. Au bout de quelques minutes, elle ouvre les paniers et se met à manger. L'autre voyageur se plonge dans un grand journal.

« Comme ils sont renfrognés! » songe l'enfant.

Une heure plus tard, le père se lève tandis que le train ralentit. Le monsieur au journal et la dame aux paniers n'ont pas changé d'occupation. Sur le quai, l'enfant remarque :

– Cette dame devait avoir très faim!

– Je ne sais pas, les Français mangent très souvent.

Main dans la main, ils entrent en ville, arrivent au terme du voyage. Le visage de l'homme reflète pourtant plus d'appréhension que de soulagement. L'enfant, lui, regarde avec ravissement l'avenue large comme un fleuve où les automobiles vont et viennent inlassablement. Là-bas, sur l'autre rive, s'étale la terrasse d'un café. Comme il y a un peu de soleil, les consommateurs sont nombreux. On sent la mer toute proche.

– Dis, papa, on dirait Alger!

– Nous sommes au centre de la ville, mais c'est beaucoup plus petit qu'Alger.

– Est-ce ici que tu travailles?

– Oui. Enfin..., un peu en dehors.

– On va habiter en dehors aussi?

– Forcément, le patron nous loge sur son terrain.

– Ah bon!

– N'es-tu pas content?

– Ce serait plus amusant ici, avec les boutiques et tout le monde!

– Bah! Tu t'en lasserais vite! L'essentiel est d'avoir des amis pour jouer. Il y a de grands immeubles avec beaucoup d'enfants, pas loin du terrain.

– Quelle langue affreuse! Cela vous écorche les oreilles!

Deux femmes bavardent près d'un arrêt d'autobus. L'enfant a entendu la remarque et se retourne un peu étonné. Parlaient-elles pour eux? Le père allonge le pas et serre plus fort la petite main. Maintenant, ils marchent vite, sans mot dire. Les immeubles s'espacent, les magasins se raréfient, deviennent de vastes entrepôts de grossistes, gris et nus. Tandis que le bonhomme vert d'un passage piéton clignote, ils franchissent en courant un énorme confluent de rues, un dernier carrefour. Les

11

voici sur le bas-côté d'une autoroute; ils longent des terrains vagues, de menus potagers, des maisons en construction... Au nord, de grands ensembles égrènent leurs buildings blancs jusqu'à l'horizon.

– Est-ce loin encore?

– Non, non... Tiens, tu vois cette route à droite? Eh bien, c'est là!

L'enfant est déçu. La grande aventure s'achève comme elle a commencé, quelques heures plus tôt : par une simple marche sur une petite route.

D'étranges constructions de tôle aux toits arrondis, ressemblant à s'y méprendre à des wagons, occupent un petit terrain en friche jouxtant des serres. Celles-ci sont entourées de grillages et coupées en deux par une large allée de gravier qui va du portail de fer à un bureau en préfabriqué. Au-delà, il n'y a plus qu'un chemin carrossable pour rejoindre les hangars. Là-bas, des hommes sont occupés à décharger une camionnette. *Parcs et Jardins*, lit l'enfant en passant le portail grand ouvert.

– Voilà les logements.

Il regarde les wagons que son père lui désigne de la main, et ne fait aucun commentaire. Cela ne correspond pas du tout à ce qu'il avait imaginé, pas dans un pays aussi riche...

– Attends-moi, je n'en ai pas pour longtemps!

L'enfant reste seul à quelques pas de la porte du bureau qui se referme sur son père.

– Tiens, Ali! Quelle surprise!

L'homme, des cheveux gris coupés court, assis derrière une table, peu amène, regarde l'arrivant que la timidité semble clouer sur place.

– Alors, Ali, as-tu passé de bonnes vacances?

– Je n'ai pas pu... Je suis revenu...

– Mais oui, mon vieux! Tu t'es donné du bon temps au pays, et maintenant tu espères que je vais te reprendre, n'est-ce pas?

Ali passe une main nerveuse dans ses cheveux, geste qui lui est coutumier lorsqu'il est désorienté.

– Mais tu m'avais dit...

– Eh! Rappelle-toi nos conventions! Tu viens me voir, tu me racontes que ta femme est très malade, tu promets de revenir au bout de cinq jours... En période de gros travail, Dieu sait que cela ne m'arrangeait pas! Pourtant, je me montre compréhensif, et tu reviens quinze jours plus tard! Me prendrais-tu pour un imbécile?

– Ma femme est morte, j'ai dû rester pour l'enterrer.

– Des obsèques ne durent pas quinze jours...

et le travail! Enfin, je suis désolé pour toi, Ali, si ta femme est décédée; mais tu es resté trop longtemps parti!

– Il y avait le petit, j'ai dû faire les papiers pour le ramener. Je n'ai personne là-bas pour s'en occuper.

– Mais tu es fou, mon pauvre ami! Ramener ton gosse, en plus! Moi, je ne peux rien pour toi; comme tu ne revenais pas, je t'ai remplacé!

Ali, effondré, regarde son patron sans comprendre, ses doigts noueux passent et repassent dans sa chevelure bouclée.

– Je n'ai plus de place?

– Puisque je te le dis! Cela fait huit jours que j'ai embauché un autre jardinier.

– Mais le logement, je ne pourrais pas...

– Ton remplaçant l'occupe, le logement! Mon pauvre vieux, il va falloir te caser ailleurs. Je regrette, mais je ne puis rien pour toi.

Là-dessus, le patron se plonge dans un dossier. Cette scène l'ennuie et il pense que ce grand échalas, trop long, trop maigre, avec son regard fiévreux, sa grosse moustache, l'a toujours mis mal à l'aise.

« Je ne me ferai jamais à la tête de ces gens-là! J'espère tout de même qu'il aura la décence de ne pas s'accrocher..., je déteste ce genre de situation. »

Ainsi songe le patron, qui, d'impatience, se met à marteler le sol du talon. Ali, pétrifié, ne bouge pas. L'accablement le rive là. S'il sort de cette pièce, où ira-t-il? Où abritera-t-il son fils, ce soir? De l'autre côté de la table, une main rageuse ouvre et ferme un tiroir.

« Il faudrait que je parte », pense Ali qui, à cette idée, se sent tout faible.

Mais on frappe à la porte, et le patron crie d'entrer, avec une voix très soulagée. Puis il s'exclame :

– Tiens, voici justement ton successeur! Tu ne voudrais pas que je mette Mustapha à la porte pour te rendre le travail et le logement, tout de même.

Mustapha se tourne vers Ali.

– Ah! C'est toi! Tu es parti parce que ta femme était malade?

– Elle est morte, depuis.

– Le petit qui est dehors, c'est le tien?

– Oui, je n'ai plus personne là-bas..., je l'ai ramené.

– Pour le logement, on pourrait s'arranger, le temps que tu trouves..., commence Mustapha.

Mais le patron, sèchement, le coupe :

– Pas question! Je ne loge que les ouvriers que j'emploie, personne d'autre, c'est une règle absolue! Ni famille, ni amis, et le premier qui désobéit, je le fiche à la porte dans l'heure qui suit.

– Merci, dit Ali à Mustapha.

Lentement, il se détourne et sort.

Dehors, l'enfant accroupi joue aux billes avec des gravillons, son sourire est chaud comme une caresse.

– Viens, Djamil, nous retournons en ville.

– On ne reste pas ici?

– Non, le patron m'a remplacé pendant mon absence, il faut que je trouve du travail et un logement ailleurs.

– Tant mieux, cet endroit ne me plaisait pas du tout!

– N'es-tu pas trop fatigué?

– Non, je peux même te porter la valise, si tu veux.

– Ce n'est pas la peine. Donne-moi la main et ne tardons pas, si nous voulons trouver une chambre où dormir cette nuit.

Ali a dit cela d'un ton léger, bien que l'inquiétude le tenaille. Prendre une chambre d'hôtel, c'est amputer grandement leurs maigres réserves.

Lorsqu'ils se trouvent à nouveau dans le centre de la ville, il fait noir et l'enfant donne des signes de fatigue. Au bout d'un moment, ces belles vitrines illuminées ne le distraient plus, et c'est d'une toute petite voix qu'il annonce :

– Papa..., j'ai un peu faim et j'ai mal aux jambes.

– Encore quelques minutes de courage, Djamil. Il y a pas loin d'ici un restaurant où je connais du monde. Peut-être quelqu'un pourra-t-il nous garder ce soir?

« El Kébir ». Quand ils pénètrent dans la minuscule gargotte, Djamil se laisse tomber sur une chaise avec soulagement. Quatre dîneurs sont attablés qu'Ali ne connaît pas. Le patron vient prendre la commande, et Ali le questionne :

– As-tu vu Mourad?

– Ah! Je te reconnais! Tu es venu avec lui plusieurs fois. Eh bien, vois-tu, il y a deux jours, à cette même heure, il était ici et me disait : « Si mon ami Ali vient, tu lui feras la commission. » Mais est-ce bien toi, Ali?

– Oui, c'est moi, répond Ali que ce bavardage impatiente. Alors, cette commission?

– Attends un peu... Il est parti pour Marseille, à moins que ce soit Lyon, je ne sais plus très bien... Il a trouvé du travail là-bas. Et tu pourras avoir de ses nouvelles..., là-dessus, ma mémoire est sans défaut... Tu pourras avoir de ses nouvelles par son cousin Ocine.

– Comment le trouverai-je cet Ocine? Je ne le connais pas.

Le restaurateur joint les mains et prend une mine désolée.

– Ton ami m'avait bien donné son adresse, mais je l'ai oubliée. Le temps qu'il franchisse cette porte, je ne la savais déjà plus. J'ai tant de soucis...!

Ali cache le mieux possible sa déception,

mais le coup est rude. Mourad l'eût certainement logé pour une nuit ou deux.

– Et Mohamed qui travaille à la menuiserie, au coin de la rue. Vient-il toujours ici?

– Ah! Je vois très bien qui tu veux dire. Un brave garçon lui aussi. Il a déménagé, on ne le voit plus dans le quartier. Quel dommage que tous tes amis soient partis! Mais toi-même..., cela fait bien deux mois que je t'ai vu pour la dernière fois; bien des choses ont changé pendant ce temps.

– Oui, bien des choses ont changé! répète Ali avec lassitude, puis il ajoute :

« Je cherche un endroit pour dormir avec mon fils, ne connaîtrais-tu rien? »

Le bonhomme recule précipitamment.

– Là, ta question m'embarrasse, vraiment je ne sais...

– Juste pour une nuit.

– Mon pauvre ami! Moi qui aime tant rendre service à mes compatriotes! Ce serait avec le plus grand plaisir, mais je ne connais rien. Crois-moi, suis mon conseil : prends une chambre d'hôtel..., si tu en as les moyens, bien entendu.

– C'est en effet ce que je vais faire, dit Ali.

Maintenant, il aimerait que cette conversation cessât, car Djamil pose sur lui un regard lourd d'inquiétude. Aussi, il enchaîne rapidement :

– En attendant, le petit a faim.

– J'ai un bon couscous avec boulettes de bœuf, et pas cher!

– Parfait.

L'homme retourne à ses fourneaux, et Ali se penche vers Djamil assis en face de lui, de l'autre côté de la table. Dans ce mince visage ovale, casqué de boucles noires, les yeux énormes, empreints de gravité, ont perdu l'expression espiègle et rieuse de naguère.

– Nous allons faire un bon repas, puis nous prendrons une chambre dans un hôtel tout près d'ici, et nous dormirons dans un grand lit.

Le visage de l'enfant s'éclaire; d'une voix hésitante, il demande :

– C'est vrai? Et cela ne t'ennuie pas trop pour les sous?

Le sourire de Djamil tremble, fragile comme un rayon de soleil en hiver. Fermement, Ali répond :

– De l'argent, nous en avons bien assez.

La salle s'est vidée de ses quelques dîneurs, seuls restent Ali et Djamil. Le patron amène un grand plat fumant et se plaint en soupirant :

– Cela ne marche guère, ces temps-ci. La vie est dure pour tout le monde, personne n'a d'argent. Je n'aurai bientôt plus qu'à fermer boutique!

Ali ne répond rien. Lui ne se plaint pas, et en toute objectivité, trouve la situation du bonhomme plus enviable que la sienne. Ce

19

n'est pas un mauvais homme, pourtant; lorsqu'il offre une part de tarte à Djamil, Ali le remercie chaleureusement.

« C'est vrai que la vie est dure... Mais tout de même, là dans ce restaurant, en mettant les chaises côte à côte, nous aurions pu nous allonger dessus, ou même par terre! »

– Tu n'as plus faim?

L'enfant dit que non et bâille longuement. Ali paie l'addition.

– L'hôtel, c'est encore le mieux pour le petit, répète le restaurateur.

Mais il semble gêné en les voyant partir, comme s'il regrettait quelque chose.

– Au revoir, dit Ali.

Puis il ajoute à l'adresse de Djamil :

– En route, il y a un hôtel pas loin d'ici.

C'est un petit hôtel de voyageurs, dont la façade et l'entrée modestes rassurent Ali. A la réception, une vieille femme les examine et d'un ton revêche demande ce qu'ils veulent.

– Une chambre, répond Ali.

– C'est complet.

– Il n'y a plus de chambre, même une petite?

– Plus rien! Allez!

Une fois dans la rue, Djamil furieux s'exclame :

– Je suis sûr qu'elle mentait!

Ali pense la même chose, mais ne répond

rien. Par bonheur, l'enfant est trop fatigué pour poser des questions.

Un deuxième essai n'est pas plus fructueux. Au fil de leur marche interminable, partout où ils s'adressent, la même réponse les accueille : pas de place..., complet.

Il se fait tard, Djamil renifle en refoulant ses larmes. Il a froid, il a sommeil, il ne comprend pas pourquoi on les repousse. Pourtant, dans le dernier hôtel, une femme et un homme avec beaucoup de valises les suivaient. Ils ne sont pas ressortis... Pour eux, il y avait encore de la place. Ali tente à nouveau sa chance.

Un tout jeune homme se tient assis à la réception. Il a une pile de livres près de lui et de gros cahiers. Il ne s'arrache à son travail que lorsque Ali pose sa question d'un ton timide, avec son drôle d'accent. Le jeune homme sursaute, sourit aux arrivants.

– Oui, j'ai des chambres libres, attendez un peu, je regarde.

Mais, à ce moment, venue de l'escalier, une voix sèche s'exclame :

– Voyons! Vous savez bien que l'hôtel est complet! Nous n'avons plus rien, plus rien!

– Mais..., intervient le réceptionniste d'un air surpris.

– Il n'y a pas de « mais », mon garçon! coupe la femme, sévère.

Œil d'oiseau de proie, visage âpre, cheveux

gris tirés dans un chignon, elle s'adresse à Ali :

– Nous n'avons pas de place! Allez!

La femme, perchée en haut des marches, les rejette impitoyablement au froid et à la nuit. Le jeune homme leur sourit, désolé. Tandis que Ali et Djamil repartent, une vive discussion éclate dans leur dos et, en refermant la porte, Ali entend des bribes de phrases :

« Désinfection..., vermine..., sortes de maladies... »

Djamil n'a plus la force de commenter, il pleure de fatigue. Un vent glacé se lève. Les passants se raréfient, chacun semble pressé de retourner chez soi, de retrouver un intérieur confortable et douillet où, peut-être, attendent des amis, des êtres chers. Tout un monde inconnu qui se cache derrière ces persiennes closes, ignorant la détresse de l'homme et du petit garçon qui marchent, solitaires, dans les rues noires.

En abordant les quais, Ali se souvient tout à coup de Hassan qui est gardien de nuit des hangars à bateaux. Ils ne se sont pas vus depuis si longtemps qu'Ali l'avait presque oublié. Certainement, Hassan les dépannera pour la nuit. Reprenant espoir, Ali entraîne rapidement Djamil.

– J'ai un copain par ici, il va sûrement nous loger... Nous avons travaillé ensemble, il y a longtemps. C'est un bon copain, mais on ne se voit pas souvent, sinon j'aurais pensé à lui plus tôt.

L'explication donne à Djamil un regain d'espoir; peut-être, après tout, ne vont-ils pas passer la nuit dans la rue?

Entourés de grillages et de murs, les hangars sont là. Un peu partout en plein air, des coques reposent sur leur berceau. Comme ils atteignent le portail d'entrée, le gardien de nuit justement apparaît. Ali le hèle :

– Hassan! Eh! Hassan, c'est moi, Ali!

L'homme s'approche d'eux, mais ce n'est pas Hassan. Ali, en découvrant son erreur, sent le désespoir l'envahir. De l'autre côté de la grille, le gardien le regarde, un peu étonné.

chapitre **2**

MULTIPLES DÉBOIRES

– Hassan n'est plus là, c'est moi qui le remplace.

– Ah!

Yassef, le gardien de nuit, trouve anormal qu'un petit garçon grelotte dans les rues à une heure aussi tardive, anormal aussi ce « ah » dit d'une voix brisée. Alors, il questionne :

– En quoi puis-je t'être utile?

Ali brièvement raconte, pendant que Yassef, dans son trousseau de clés, cherche celle du portail. Il la trouve et ouvre.

– Viens... Je n'ai pas de logement à te prêter – dans la journée je vais chez des amis, et je passe mes nuits ici –, mais il fait chaud dans ma cabane, et le petit pourra dormir.

La cabane, c'est un réduit de planches, vitré à mi-hauteur, aménagé au fond d'un hangar. Un poêle à charbon, une ampoule électrique pendant du plafond, une table bancale et deux chaises de fer en constituent l'ameublement.

Mais, sur le poêle qui ronfle, une cafetière émaillée chantonne allègrement.

– Il y a une banquette de voiture à côté, dit Yassef, aide-moi à la porter jusqu'ici pour le gamin.

Djamil, un peu hébété, sourit maintenant de bien-être. Il se réchauffe, tout est bien. Son père l'allonge près du feu, ôte sa veste pour le couvrir, et l'enfant s'endort dans la minute qui suit.

– Je serai obligé de vous faire partir tôt, dit Yassef. A partir de six heures et quart, le contremaître vient voir si tout est en ordre.

– C'est très bien comme cela, sans toi je ne sais ce que nous aurions fait!

– Moi, je suis content d'avoir quelqu'un à qui parler, ça aide à passer la nuit.

Les heures s'écoulent, les deux hommes à voix basse évoquent le pays, leur village, leurs joies et leurs peines. Chacun reconnaît dans l'autre ses propres espoirs et ses désillusions.

Peu avant six heures, Ali réveille Djamil.

– Reviens ce soir, si tu n'as rien trouvé, dit Yassef en les raccompagnant jusqu'à la rue.

Un crachin glacial tombe sur la ville encore endormie. Le vent en rafales mauvaises balaie les quais déserts et s'engouffre par les rues ouvertes au large, cherchant une prise sur les façades, arrachant des grincements aux enseignes, faisant claquer les stores et battre les volets. C'est un de ces matins où le jour n'en finit pas de poindre.

Courbant le dos sous les bourrasques, Ali marche à grands pas. Il a hâte de laisser la mer loin derrière lui et de gagner les vieux quartiers plus abrités, vers le cœur de la cité. Djamil, qu'il tient par la main, doit trottiner pour garder la même allure. Depuis qu'ils ont quitté le gardien de nuit, ils n'ont pas échangé une parole. Il n'y a rien à dire dans ce vent et dans ce froid. Là, quelque part au bout de cet enchevêtrement de ruelles, tout près du marché, Ali connaît un café qui ouvre tôt le matin pour les maraîchers. A travers les petits doigts cramponnés aux siens, Ali sent tout le corps de son fils qui tremble.

« Il va prendre mal ! » pense Ali désolé, et il accélère encore le pas. Derrière les halles, quelques camions manœuvrent, des rideaux de fer se lèvent. Ici, la journée commence déjà.

– Il sera ouvert, murmure Ali avec soulagement.

Il est ouvert, en effet. Ses tubes au néon inondent la salle d'une lumière crue, un garçon met les chaises en place, tandis que le patron sert les clients qui se pressent debout au comptoir.

– Deux cafés crème, deux grands ! commande Ali.

Précautionneusement, il a refermé la porte sur l'obscurité de cette aube froide et entraîne

Djamil au fond de la salle, sur une banquette près de laquelle ronronne un poêle à mazout. Tous deux frissonnent encore de la pluie et du vent imprégnés dans leurs vêtements.

– C'est un drôle de réveil, hein, Djamil!

L'enfant secoue la tête, son mince visage effaré exprime une immense incompréhension. Ali lui tapote la main avec une tendre gaucherie.

– Tiens, voilà les cafés! Regarde, ils sont tout fumants.

– Six francs avec le service!

Le garçon est planté contre la table, il promène un regard insistant sur les habits un peu froissés d'Ali. Ali paie et le garçon s'en va. Djamil entoure la tasse de ses deux mains, hume et boit à petits coups. Le liquide brûle un peu la gorge et descend en vagues chaudes dans l'estomac, la proximité du poêle réchauffe les membres.

– C'est bon! soupire Djamil.

Un engourdissement bienheureux le saisit et, son bol à peine terminé, il s'endort contre l'épaule de son père. Ali le laisse faire. Djamil est bien, là, et il est encore beaucoup trop tôt pour tenter quoi que ce soit. La pendule du café indique six heures, rien n'ouvrira avant huit. Le souffle régulier de Djamil, l'immobilité pour ne pas le réveiller, la douce tiédeur qui, petit à petit, le gagne, tout cela met du plomb dans les paupières d'Ali qui doit lutter contre le sommeil. Après cette nuit blanche, il dormirait, lui aussi, volontiers un moment. Mais là-bas, derrière son comptoir, le patron le surveille, Ali sent à tout instant son regard sévère et réprobateur. S'il ferme les yeux, le garçon viendra leur dire de partir. « On ne dort pas dans un café, ce n'est pas un hôtel! » Cela, Ali l'a déjà entendu dire à de pauvres hères, vagabonds ou chômeurs étrangers. L'idée de retrouver avec Djamil la rue glacée suffit à Ali pour garder les yeux ouverts. La tentation repoussée, il réfléchit :

« A huit heures, j'irai à la mairie. Dans la voirie, ils ont besoin de monde, le personnel change fréquemment. Il faut que, ce soir, j'aie trouvé du travail et un logement; Djamil ne peut pas rester comme cela dans la rue. »

Dans le café, l'animation s'accroît, des gens vont et viennent, s'ébrouant au sortir de la pluie, les conversations se font plus bruyantes et nombreuses. Un jour grisâtre se lève, éclairant la place du marché où passent des silhouettes pressées. Distrait de ses sombres préoccupations, Ali reporte son attention sur un groupe d'hommes qui vient d'entrer. Ils s'installent au bar et parlent à voix forte, avec des figures rouges et bouffies d'hommes qui se lèvent tôt dans le froid, mangent et boivent trop bien. Ali croise le regard de l'un d'eux, un rouquin trapu dont le ciré jaune bâille sur un tablier de poissonnier en caoutchouc.

– C'est ton fils? demande le rouquin en pointant son index vers Djamil.

– Oui, c'est mon fils.

– ...doit pas avoir chaud, hein?

– Non, alors!

Ali sourit, heureux de pouvoir parler un peu.

– Tu es Algérien?

– Oui.

– Comment est-ce, l'Algérie, maintenant?

– Comme ici...

– Comme ici?

Le rouquin rit et se tourne vers ses compagnons.

– Eh, les gars! Vous l'avez entendu? L'Algérie, c'est comme ici!

Tous éclatent de rire à leur tour. Ali rougit et s'agite, mal à l'aise, réveillant Djamil.

– Que se passe-t-il? demande l'enfant en bâillant.

– Rien. On s'en va, simplement... Viens!

Djamil se lève, un peu perdu, les gestes gauches; il renverse une chaise, marche vers la porte en boitillant d'une jambe ankylosée.

– Tu ne peux pas faire attention? lance le patron, mécontent, de derrière son comptoir.

– C'est trop tôt pour lui, il s'était endormi..., explique Ali en ramassant la chaise.

– Ce n'est pas un hôtel, ici!

Ali a envie de rire, mais il n'ose plus. Il se hâte de rejoindre Djamil.

– Faudrait savoir pourquoi ils n'y restent pas, alors, si c'est pareil! s'exclame un consommateur hilare.

Le rouquin questionne :

– Dans ce cas, qu'est-ce que tu viens faire en France, dis, du tourisme?

Ali détourne la tête et courbe un peu plus ses épaules, tandis que les rires reprennent de plus belle.

Quelques pas dans l'air glacial et la pluie achèvent de réveiller Djamil. Il lève des yeux étonnés vers son père et dit :

– Il se moquait de toi...

– Peut-être. Dans les cafés, les gens aiment bien rire.

– Il se moquait de toi, ce sale type!

– Ça ne fait rien... Allez, marche plus vite ou tu vas encore avoir froid.

Brusquement, Djamil remarque que la main de son père tremble dans la sienne. Il a une seconde d'affolement, puis de toutes ses forces il serre cette main, luttant pour ne pas pleurer.

– J'ai dit à mon mari : « Jacques, la prochaine fois que nous changerons de voiture, on choisira une grosse. »

– Je vous assure que ce que l'on gagne en confort compense largement la consommation supérieure de carburant.

– Ah, ça! Je vous crois, monsieur Scolli! Vous imaginez mes pauvres gosses secoués toute une journée derrière cette caisse à savon? Vous auriez dû voir ça, le soir!

Près de l'appareil de chauffage, loin du vitrage des guichets, les deux employés des services techniques continuent leur bavardage.

Pour la vingtième fois en une demi-heure, Ali vérifie ses papiers : vert, c'est la carte de séjour; blanc, les assurances sociales; beige, la carte d'identité; le reste : d'anciennes attestations d'employeurs, des bulletins de paie. Il les aligne méthodiquement sur la tablette d'acier devant le guichet « Embauche ».

– Bon! Carte de séjour...

« Carte de séjour, vite... la beige. Non, la verte! » L'homme se décide enfin à s'occuper de lui. Ali est tout sourire. L'employé de bureau le regarde à peine.

– Bulletin de paie... Passe-moi tout, va!

La femme quitte le poêle à son tour et vient regarder les papiers par-dessus l'épaule de son collègue.

– Parcs et Jardins..., quartier Bergeronnettes..., où est-ce? demande-t-elle rêveusement.

– Allez savoir! Encore un nouveau quartier sans doute, il y en a trop maintenant, moi je m'y perds!

– Pourtant, Parcs et Jardins, je connais..., ce sont les camionnettes vert et rouge..., on les

34

voit partout. C'est vrai qu'ils emploient plein d'Arabes.

– Attendez, ça me revient! Leurs pépinières sont sur l'ancienne route du Bois Haut...

Ali approuve :

– Voilà! Tout le monde dit la route du Bois Haut!

Ils le dévisagent, surpris.

– De quoi je me mêle! dit la femme en fronçant les sourcils.

– C'est ton fils qui attend dans le couloir? questionne l'homme.

– Oui.

L'homme repose précipitamment les papiers sur la tablette.

– Je suis désolé..., on ne peut rien faire pour toi en ce moment.

– Il n'y a pas de travail?

– Si, mais avec un enfant, on ne peut pas te loger n'importe où..., je veux dire dans les baraquements.

– Mais, ça ne nous fait rien, les baraques... Je chercherai mieux plus tard!

– Dans les services municipaux, nous n'avons pas le droit. Pour l'instant, il n'y a pas de logement disponible, reviens le mois prochain...

– Écoute, avec le petit, j'ai besoin de travail... Prends-moi!

– Que veux-tu que j'y fasse, bon sang! Il y a deux places de balayeur, mais il est obliga-

toire d'habiter les baraques du dépôt, le chef
de la voirie le veut ainsi. Avec le gosse, tu ne
peux pas demeurer là-dedans, ce n'est pas
prévu pour la vie de famille.

– Ce qu'ils sont collants, alors! soupire la
dame en levant les yeux au ciel.

Ali ne comprend pas très bien..., ces gens-là
sont dans un bureau, tout-puissants...; s'ils le
désiraient, les choses pourraient s'arranger.
Mais il ne se sent plus le courage d'insister.
Tristement, il remet un à un ses papiers dans
le sac en plastique, le sac dans la poche inté-
rieure de sa veste, et il s'en va.

– Alors?

Djamil, sagement assis sur la banquette de
bois, semble plein d'espoir.

« Attention, Ali! Ne te laisse pas aller ou tu
vas l'affoler! Les malheurs des vieux, ce n'est
pas bon pour les petits. »

Djamil attend une réponse réconfortante, un
sourire... Ali essaie de lui donner les deux.

– Ici, il n'y a rien. Mais ils m'ont donné une
adresse où je trouverai sûrement...

– Allons-y!

– Tu n'es pas trop fatigué?

Djamil est déjà debout, il tire son père vers
la rue.

Lorsqu'on a un but, c'est grand une ville!

Djamil trouve celle-ci immense. Les rues ne finissent pas de se dérouler. Les places succèdent aux carrefours, innombrables. Les gens courent vers leur destination, courent, courent affairés, la mine impatiente; eux aussi trouvent la ville trop grande. Les ruelles montent vers les quartiers neufs avec une lenteur exaspérante, contournant le moindre pâté de maisons, sans jamais se rapprocher vraiment des grands ensembles arrogants qui masquent de leurs tours un mont lointain.

– Dis, on arrive bientôt?

– Peut-être, je ne sais pas...

– Tu ne t'es pas perdu?

– Non, non! C'est bien par-là!

Lorsque l'on tourne en rond sans savoir que faire, où aller, c'est de plus en plus petit une ville. Pour Ali, elle semble se rétrécir de minute en minute.

« Revoilà le cinéma machin... Tiens..., ce barbu attend encore dans sa voiture. Il n'a pas bougé depuis une heure, au moins. Voyons..., il faut faire quelque chose. Réfléchis, Ali, tu ne peux pas rester comme ça avec le petit! »

– C'est quand même grand, tu sais, dit Djamil.

– Non, je t'assure. Tu t'en rendras compte d'ici une semaine ou deux.

Ali, lui, connaît cette cité depuis onze ans. Onze ans! Le petit bonhomme qui marche à son côté représente exactement tout ce temps-là. Il est arrivé ici, juste avant la naissance de Djamil, peu après son mariage. Djéminha, son épouse... combien de temps a-t-il vécu avec elle durant ces onze ans?

« Une semaine pour voir Djamil..., un mois l'année suivante...; deux mois, quinze jours, un mois, trois mois..., huit mois près de Djéminha en onze ans! »

– Qu'est-ce que tu dis?

– Rien.

– Tu parles tout seul, alors! On arrive bientôt?

– Nous arrivons, je crois. Je me disais que nous arrivons...

Djamil est trop petit pour comprendre. Et puis, lui parler de Djéminha, toucher une plaie encore béante, ce n'est pas possible. Il faut pourtant qu'Ali en finisse avec tous ces mensonges. Ils n'arrangent rien véritablement, et Djamil découvrira bientôt qu'il n'y a pas d'adresse. L'enfant sentira alors le désarroi de son père, et le résultat sera pire. Que faire, que faire?

Il y a bien un chantier, deux rues plus loin, un immeuble en construction derrière de hautes palissades. Ali l'a remarqué au passage précédent, mais c'est sans espoir...

« Le petit..., ça les embête, le petit! Ce sera partout pareil..., et avec mes papiers ils verront bien que je ne suis pas maçon. Ils pourraient me prendre comme manœuvre, ou moins que manœuvre, après tout? Nous autres Algériens, lorsqu'on nous fait travailler, c'est toujours comme manœuvres, même quand nous connaissons le métier! »

Un peu d'espoir se glisse dans le cœur d'Ali. Sait-on jamais? Il presse le pas. Au détour d'une rue, la palissade apparaît.

– Tu vois, c'est ici.

Djamil pousse un soupir de soulagement. Ali pose la valise sur le trottoir, contre le mur de planches, et décide :

– Je vais te laisser là, avec la valise. Ne t'éloigne pas.

Ali se faufile sur le chantier par une brèche. Huit étages de béton s'élèvent déjà. Une grue jaune, très haute, tourne dans le ciel gris en grinçant. Hormis l'homme coiffé d'un casque rouge qui télécommande la machine à partir du sol, Ali ne voit personne. Adossée au mur d'une maison voisine, il remarque une cabane de bois, percée d'une large fenêtre. A travers les vitres, on aperçoit une table à dessin.

« Le bureau doit être là. » Ali s'approche, contourne la construction, à la recherche d'une porte. Une affichette de papier, protégée par du plastique transparent, est placardée sur celle-ci. Ali frappe d'un doigt timide. Personne ne répond. Il recommence, plus fort cette fois.

– Eh! Ne te fatigue pas, il n'y a personne! lui crie l'homme au casque rouge.

Là-haut, au dernier étage, un lourd chargement de ciment vient d'arriver à bon port. Deux manœuvres nord-africains s'activent à décrocher le container. L'homme au casque rouge pose à terre son boîtier de commandes et vient vers Ali à grands pas.

– Que veux-tu?

– Je cherche du travail.

– Tu ne sais pas lire?

– Non.

– Pas d'em-bau-che! Pas d'embauche, c'est simple, pourtant!

En disant cela, l'homme frappe de l'index la petite affichette, détachant chaque syllabe de l'inscription. Il a l'air mécontent. Ali bredouille :

– Excuse-moi, je ne savais pas.

– Ah! Ça, c'est évident! Désolé, Mohamed, pas d'embauche et je n'y suis pour rien.

– Je m'appelle Ali.

– Sûr! Si ce n'est pas Mohamed, c'est Ali! Avec vous, on se trompe rarement. En tout cas, ne te tourmente pas, le travail ne manque pas dans le pays, tu finiras bien par trouver.

– Personne ne veut de moi, à cause de mon fils.

– Tu as un fils?

– Oui, il attend là.

L'homme se radoucit un peu et demande quelques explications. Ali raconte son histoire, et l'homme l'écoute avec une bienveillante curiosité, ponctuant chaque refus maladroitement rapporté d'un : « Ah, les vaches! » scandalisé. Ali sent que son interlocuteur n'a pas pour lui le mépris habituel. Sur la tête large aux traits énergiques, le regard n'observe pas une prudente froideur, mais se livre, participe. Alors, brusquement, debout sur la terre grasse du chantier, très las, Ali l'Algérien abandonne un peu de son orgueilleuse réserve, sa cuirasse, son seul luxe. Il dit aussi sa solitude, le poids énorme de la solitude. Non pas celle de deux jours d'errance où il ne peut partager son angoisse avec l'enfant, mais la solitude du déraciné, celle qui n'a pas d'âge et semble faite pour l'éternité.

– Le village, tu comprends..., la terre.

Ali enfonce son talon dans la glaise, il veut que l'autre comprenne. Il comprend, l'homme, il comprend. Mais voilà qu'il devient aussi rouge que son casque. La gêne, l'impression d'avoir un homme tout nu devant lui. Les Arabes sont comme nous, lui n'en a jamais douté... Mais celui-là, qui veut absolument le prouver!

– Au village, tout le monde comme des frères, tu comprends? Et ici, plus rien! Personne te veut, personne te connaît, jamais!

– Eh oui! Les gens sont bêtes! Écoute, si tu ne trouves rien, amène le petit chez moi, ce soir. On le couchera bien pour une nuit, allez! Ne bouge pas, je te donne l'adresse.

Il disparaît dans la cabane et revient, une feuille de carnet à la main.

– Tiens, Mohamed..., ne le perds pas, hein! Tu n'auras qu'à le montrer aux passants pour trouver ton chemin. Bon, moi j'ai du boulot. Allez, salut.

Ali retourne à pas lents vers la rue. Un frisson glacé parcourt ses reins jusqu'à la nuque. Il s'est oublié et le voilà honteux, il lui semble avoir commis une indécence.

– Ça n'a pas marché?

– Non, ce n'était pas une bonne adresse. Mais j'ai rencontré un bonhomme gentil. Si je n'ai rien trouvé avant la nuit, il te gardera pour dormir. Il m'a donné un papier pour trouver sa maison.

Ali tape sur la poche de son pantalon, puis il empoigne la valise, et prenant Djamil par le bras se remet en route.

– Et toi?

– Moi, bah!

– Où dormiras-tu ?

– Je connais un hôtel pour les Algériens..., j'irai.

– Je viendrai avec toi.

– Non. Ces hôtels, tu sais, c'est triste. Je ne veux pas que tu connaisses cela.

– Montre le papier du bonhomme, je vais te lire ce qu'il a marqué.

Ali lâche son fils et lui donne le feuillet où

trois lignes sont écrites au crayon. Djamil lit d'une voix hésitante :

– Edouard Ginoux, 12, avenue Joliot-Curie, 2ᵉ étage.

D'un mouvement sec, avant qu'Ali n'ait le temps de réagir, Djamil déchire la feuille en deux, jette les morceaux dans la bouche d'égout et se réfugie prudemment au milieu de la rue.

– Comme ça, chez Yassef ou ailleurs, tu seras obligé de me garder avec toi!

– Viens ici, bourrique! Viens, je ne te battrai pas! promet Ali en riant bien fort.

Chambres meublées. Confort, promet une plaque près de l'entrée.

« Tant pis! Puisqu'il n'y a pas d'autre moyen, Djamil connaîtra aussi cela! », pense Ali après une ultime hésitation.

Le père et le fils s'enfoncent dans un étroit couloir. Ils voient juste assez clair pour se diriger vers un escalier de bois, dont la première volée semble vissée dans la nuit.

Au premier étage, Ali trouve un bouton de minuterie. Une avare lumière révèle la présence d'une porte vitrée, devant eux. Sur une nouvelle plaque, Djamil lit : *Bureau.* Derrière les vitres, les meubles luisent faiblement, suggérant le volume d'une petite pièce plongée dans l'ombre. Ali colle son visage à la porte.

– Il n'y a personne, montons.

Le palier du deuxième étage débouche sur un long corridor où se découpent de nombreuses portes, si rapprochées qu'elles semblent s'épauler. Ali marche en comptant à haute voix :

– Douze, treize, quatorze, quinze..., celle-là, je crois.

– Tu connais des gens, ici?

Ali secoue affirmativement la tête, pose sa valise et frappe. De l'intérieur, quelqu'un lance en arabe :

– Entre!

Ali entrouvre l'huis et pénètre à demi. Djamil entend :

– Hamed n'est pas là?

– Il est parti chez lui, ce veinard!

– Youssouf?

– Il travaille.

– Kadir?

– Changé de chambre..., au vingt et un.

Ali s'excuse, referme et compte à nouveau.

– Voilà, vingt et un!

Il tape. « Entrez! » crient plusieurs voix.

– Salut, Kadir!

– Ali! Sois le bienvenu! Entre vite.

– Attends, Djamil est avec moi.

Ali pousse l'enfant en avant avec douceur. Djamil cligne des yeux en pénétrant dans la

44

pièce minuscule où la lumière d'une ampoule électrique frappe les visiteurs en plein visage. Il a un mouvement de recul et pousse un « Oh! » de surprise en découvrant les lieux. Partout ailleurs, ce serait une mauvaise chambrette, mal aérée par un petit vasistas, tout juste suffisante pour une personne. Ici, comme le plafond est haut, on a installé une chambrée de quatre lits superposés, où quatre hommes sont allongés. Face aux lits, se dresse une armoire métallique sans porte, divisée en deux. A droite, une penderie bourrée de vêtements; à gauche, sur des étagères, quelques assiettes, deux casseroles, un réchaud à alcool, une bouteille d'huile, des reliefs de repas.

Djamil et son père occupent toute la place encore disponible. Sur la couche la plus basse, dressé sur un coude, un homme mal rasé aux cheveux blanchissants, sourit de toutes ses dents. Ce doit être Kadir, mais Djamil n'en est pas très sûr, car en fait ici, les sourires montent jusqu'au plafond. Depuis son arrivée, l'enfant n'en a pas vu autant à la fois. Le premier instant de surprise passé, Djamil a envie de rire. De rire ou de pleurer, il ne sait plus très bien...

– Bonjour, Djamil.

C'est le sourire du bas qui s'est mis à parler : Kadir, bien entendu.

– Bonjour, monsieur.

– Tu ne te souviens pas de Kadir? Tu es

venu me voir chez moi, à Annaba, avec Ali. Tu n'étais pas plus haut que cela, à l'époque!

Kadir tend la main dans la ruelle, au niveau du matelas.

« Il exagère », pense Djamil.

– Il a dû oublier, tu sais, cela fait trop longtemps, explique Ali.

Kadir est étendu tout habillé. Sa veste et son blue-jean élimé sont frippés. Son visage fatigué, au front creusé de rides, accuse une quarantaine d'années.

– Je crois que tu ne connais pas les autres, reprend-il.

Ali regarde les trois camarades de Kadir qui n'ont encore rien dit. Il les gratifie d'un « bonsoir » collectif et admet :

– Non, je ne les connais pas.

– Au-dessus de moi, le jeune c'est Amrane. Au milieu, c'est Bouzouf-je-sais-tout, personne ne lui parle en ce moment, on est fâché.

– Bonjour quand même, dit Ali.

– Bonsoir..., Kadir est un radoteur!

– Silence, Bouzouf! Le gros sous le plafond, c'est mon cousin Omar. Il est seulement en visite, il travaille à la campagne. Autrement, c'est mon frère Saïd qui dort là-haut dans la journée, car il fait le ménage d'un grand magasin pendant la nuit.

– C'est petit chez toi, remarque Djamil en s'installant sans façon sur un coin de matelas, près de Kadir.

– Non! Ce sera au contraire très grand, chez moi! Ma maison aura trois pièces toutes neuves, avec l'eau au robinet, la douche et tout! Pas comme ici où il faut prendre l'eau dans les cabinets, au bout du couloir. Ici, ce n'est pas chez Kadir, heureusement.

– Et toi, Ali, que fais-tu? intervient Amrane, garçon à la physionomie agréable qui paraît sortir à peine de l'adolescence.

– Je reviens d'Algérie avec Djamil.

– Oh Ali! J'ai appris par Hamed que Djéminha...

Kadir s'interrompt, les yeux d'Ali lancent du feu, commandent le silence. Mais il est trop tard... Ballotté depuis deux jours par des événements incompréhensibles, dans un monde inhospitalier, d'heure en heure plus désemparé, l'enfant accueille le souvenir de Djéminha comme une bouée inaccessible. Il éclate en sanglots. Kadir, désolé, le prend dans ses bras, mais Djamil refuse le réconfort. Il quitte la chambre en courant, va cacher sa peine dans le couloir. Kadir esquisse un geste pour le suivre, Ali l'en empêche.

– Laisse-le, Kadir. Je crois qu'il vaut mieux le laisser seul.

– Pardonne-moi.

– Ce n'est rien... Et puis, ce chagrin-là, au moins il le comprend!

– Que veux-tu dire?

Ali, une fois de plus, raconte leurs tribulations : partout éconduits, raillés, ignorés..., les déboires habituels aux étrangers...

– Seulement, le petit, lui, il ne sait pas, il ne comprend pas.

Ali serre les poings, sa colère longtemps contenue explose maintenant au milieu de ses frères, en exclamations gutturales. Les larmes de Djamil exaspèrent sa propre détresse. En ce moment, ce que dit Ali de la France, des Français, n'a rien de flatteur. Les autres l'écoutent, approuvent.

Mais Omar intervient. Il est drôle, Omar. Une force de la nature, avec un visage juvénile, une inaltérable bonne humeur dont témoignent ses joues rondes, qui semblent faites pour le rire. Perché sur la couchette supérieure, il penche sa mine réjouie vers Ali.

– Mon patron est horticulteur. Il embauche, j'en suis certain. Depuis trois mois, deux ouvriers sont partis, et nous ne sommes plus assez nombreux pour faire le travail.

– Tu crois qu'il me prendrait? Je connais le métier et j'ai le permis de conduire.

– Il a besoin de monde. On est logé dans une vieille maison en ruine, ce n'est pas confortable, mais il y a de la place.

– Et le petit? Tu crois qu'il acceptera, avec le petit?

– Il n'y a pas de raison qu'il refuse. Simplement, il essaiera de profiter de la situation...

Il ne faudra pas trop te laisser faire, mais c'est partout pareil!

A ce moment, Djamil réapparaît, les yeux rouges, interrompant la conversation. Omar laisse pendre un bras énorme et musclé.

– Donne-moi la main, moustique, que je t'aide à monter, la vue d'ici est bien plus belle.

Qui pourrait résister à ce sourire? Djamil se laisse hisser près du géant qui se colle au mur pour lui faire de la place. Omar ébouriffe les boucles brunes, et jovial annonce :

– C'est décidé, je t'emmène avec ton père à la campagne! Tu iras à l'école au village, nous habiterons ensemble. Tu verras, on est bien mieux là-bas.

Djamil regarde son père avec une moue sceptique. Celui-ci confirme :

– Son patron cherche des ouvriers.

– S'il ne veut pas te prendre, on se débrouillera pour vous loger quelque part. Et puis, on finit toujours par trouver du travail, ajoute Omar, avec une assurance réconfortante. Tout s'arrangera, Omar le promet.

L'hôtel est devenu une ruche bourdonnante, lorsqu'un peu plus tard Ali, Kadir et Youssouf descendent en force au bureau pour régulariser la situation. Par les portes ouvertes, des transistors déversent des flots de musique arabe, des chansons, des nouvelles. C'est l'heure de la détente, des souvenirs, du rêve... Les plus vieux restent allongés sur leur couchette, les mains croisées sous la tête, le regard brumeux, un peu perdu. Les plus jeunes rient et parlent haut, s'interpellent d'une pièce à l'autre, gesticulent, dansent... D'autres font la queue devant les toilettes, une casserole à la main.

– Eh, Youssouf! appelle un grand adolescent, comme ils s'engagent dans l'escalier. Ecoute un peu ça : c'est Sadia!

> ... *Je suis toujours seule*
> *Seule à la maison*
> *Vous fermez la porte...*

chante à plein volume la voix d'une jeune fille, sur un accompagnement de guitare. Youssouf hausse les épaules.

– C'est idiot!

– Haï! C'est toi qui es idiot, oui!

Le gérant de la maison, un homme chauve qui bégaie légèrement, discute pied à pied pour ne pas baisser son prix.

– Sept..., sept francs la nuit..., je dis!

– Entendu! répond Kadir, sept francs pour les deux!

– Ah, mais! Ah, mais non! Chacun!

– Le gamin est petit et maigre, tu ne vas pas le compter pour une grande personne! Et puis, ils n'auront pas de lit...

– Bon, bon! Alors neuf, neuf francs. Mais c'est fini.

Kadir regarde Ali qui acquiesce du chef. Neuf francs est un prix raisonnable, l'affaire est conclue.

Ce soir-là, Omar aurait bien voulu céder sa couche à Djamil, mais il est de trop forte corpulence pour dormir dans la ruelle; il n'y a pas assez d'espace. L'enfant prend la place de Amrane, à mi-hauteur, et celui-ci se glisse avec une couverture sous la couchette de Kadir, tandis qu'Ali s'installe dans la ruelle, sous un amoncellement de vestes.

A peine étendu, écrasé de fatigue et de crainte, Ali sombre dans un profond sommeil.

« Demain..., je verrai demain! »

chapitre **3**

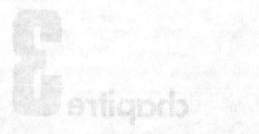

UN TOIT POUR DJAMIL

A nouveau le train, le pays vallonné qui défile, souvent sauvage; rocaille rouge sur fond de terre plus rouge encore, sol pauvre de l'arrière-pays, tout de cailloux et de broussailles, passant au vert uniforme lorsque s'étale une forêt de pins. Puis, tout à coup, c'est le miracle des carrés de vignes rousses et dorées de l'automne, blotties au fond des combes ou dévalant les coteaux. Les oliviers aussi étonnent, qui, de leur petite taille, de leur feuillage argenté, semblent adoucir encore la rondeur des collines. Chaque maison a son cyprès et l'on ne sait lequel des deux s'appuie sur l'autre. Le nez écrasé contre la vitre, Djamil regarde, son père et Omar parlent.

Le train ralentit, puis s'arrête dans une petite gare. C'est là qu'ils descendent. Le trajet se poursuit en autocar, plus satisfaisant cette fois. Ce n'est plus un décor se déroulant à l'extérieur du train; avec l'autocar, on pénètre dans le paysage, on s'enfonce jusqu'au cœur des villages, par des voûtes et des ruelles, pour arriver sur de petites places, avec de grands arbres offrant leur ombrage aux terrasses des cafés.

« Cela ressemble à l'Algérie, sans être tout à fait pareil! » pense l'enfant.

– Nous y voici! dit Omar, comme l'autocar se range au centre d'une agglomération, face à un bureau de poste.

La maison de l'horticulteur est entièrement étrangère au village. Située en bas de celui-ci, presque en dehors, elle rompt son harmonie et afflige le regard. C'est une villa laide et prétentieuse qui étale l'aisance de son propriétaire. Sa façade compliquée, peinte d'un rose offensant, impressionne pourtant les gens du pays qui, confondant opulence et beauté, s'accordent pour dire que c'est une maison magnifique.

– Attends-nous ici, dit Ali à Djamil.

Les deux hommes laissent l'enfant sur le chemin, et pénètrent dans le jardin enclos qui entoure la maison.

– Ne parle pas de lui tout de suite..., recommande Omar à voix basse.

Ali approuve et ils se présentent tous deux, très intimidés, à la porte d'entrée. C'est le père

Bennière lui-même qui leur ouvre. Ses petits yeux jettent des éclats, sans pour autant éclairer un visage rond, un peu pâle, que rehausse une légère couperose. Son regard étroit n'enveloppe que rarement l'interlocuteur, mais paraît plutôt en faire l'analyse par une course saccadée de haut en bas. Il appuie son corps lourd sur une canne. A cinquante ans, il a déjà l'air d'un vieil homme.

— Mon ami est jardinier, il cherche du travail, explique Omar.

— Tu es jardinier, c'est vrai? Où travaillais-tu avant?

Ali raconte à nouveau son histoire, omettant toutefois de parler de Djamil. Le vieil homme pose toutes sortes de questions et, d'après les réponses d'Ali, conclut que celui-ci exerce le métier depuis de nombreuses années et possède, chose appréciable, le permis de conduire.

— Je t'embauche, dit le père Bennière, montre-moi tes papiers.

Ali pose sa valise au sol et tire son sachet de plastique de sa poche. Un chant d'espoir monte en lui, qui fait trembler ses mains, battre son coeur. Reste le problème épineux de Djamil. Omar s'en charge. Il arbore ce sourire enfantin et candide qui, généralement, désarme ses interlocuteurs les plus coriaces.

· — Ali pourra conduire la camionnette et transporter les ouvriers! Son petit sera bien, là-haut... Il ira à l'école au village, tout le monde sera content!

Bennière fronce les sourcils.

– Petit? Quel petit?

– Le garçon d'Ali, bien sûr.

– Mais cela change tout, s'il y a un gosse! Moi, je ne loge pas de famille.

– Un gamin, ce n'est pas une famille... Il y a une chambre vide: cela ne fait pas de différence, si Ali y loge seul ou avec son fils!

– Moi, je vois une différence énorme! Je n'ai pas le droit de loger une famille là-haut. Si un contrôleur de la Sécurité Sociale vient, comment expliquerai-je la présence d'un gosse? Avec une famille, je n'embauche pas!

Le père Bennière a coulé un œil vers Ali et jauge son désarroi. Le malheureux fait aller et venir ses doigts dans ses cheveux, il courbe davantage le dos et plus qu'aucun mot, son regard plaide...

– Enfin, dit Bennière au bout d'un long moment de réflexion, si j'ai bien compris, Ali ne sait où aller avec son gosse?

Ali acquiesce d'un mouvement de tête et ébauche un sourire timide.

– Disons que je t'embauche, malgré le petit. Je ne suis pas une brute... Un enfant, il faut bien le mettre quelque part, pas vrai?

Omar et Ali opinent énergiquement.

– Disons donc que je t'embauche. Mais, attention! Je te prends seulement à l'essai!

Après tout, je ne sais pas ce que tu vaux... Je te donne trois francs cinquante de l'heure, et au bout du mois, si tu me conviens, tu auras le même salaire que les autres... La chambre coûte cinquante francs par mois. Je ne te retiendrai pas plus, bien que tu y loges en famille.

Ali est trop soulagé pour discuter, il accepte même ces conditions avec reconnaissance. L'enfant ne sera plus ballotté d'un endroit à un autre, il aura un toit et ira à l'école.

Assis sur un talus bordant le chemin, Djamil attend avec impatience le retour des deux hommes. Cette campagne lui plaît, la vie avec Omar doit être bien agréable, Omar est si gai! Cela, joint à la crainte d'une nouvelle errance, fait que Djamil, de tout son coeur, espère rester là.

« Si papa a le dos courbé et regarde droit devant lui, c'est que ça n'a pas marché... », pense l'enfant.

En deux jours, il a appris à connaître cet homme nouveau, voûté et timide, ne ressemblant que de loin au héros fort, grand et assuré de ses années heureuses. Mais ce nouvel Ali, Djamil l'aime encore plus que l'autre!

Enfin les voici. La taille ployée, Ali avance, mais du plus loin qu'il l'aperçoit, il fait un gros clin d'oeil à Djamil. Omar, lui, esquisse quelques pas de danse. L'enfant court à eux, le coeur soulagé d'un grand poids.

– Maintenant, on monte à la maison, dit Omar.

La nuit descend si vite qu'il fait tout à fait noir lorsqu'ils atteignent le haut du village. La route s'en va en une série de mauvais virages, d'où surgissent des automobiles hurlant de tous leurs pneus martyrisés; elle revient dans une dernière boucle dominer les toits, puis s'élance ensuite à l'assaut des collines sombres. Les pinceaux des phares se font plus rares, et il n'y a bientôt que la route au milieu des bois, brillant doucement sous les rayons de lune. Au bout de deux kilomètres, ils laissent l'asphalte pour s'engager dans un petit chemin abrupt et rocailleux.

Cette marche-là n'est plus la longue errance qui tue l'espoir: ils font des projets d'avenir, sans même s'apercevoir de la distance qu'ils couvrent. Djamil sautille entre son père et Omar qui le tiennent par la main. Les pierres roulent sous leurs pas, ils passent sous de grands pins inclinés qu'enserre une foule de plantes grimpantes retombant pour former d'inextricables buissons épineux. Puis le chemin sort du couvert des arbres pour déboucher en terres douces au milieu de rangées d'oliviers. Un lapin détale et Djamil rit : les bois, les oliviers, les lapins... il se trouve en pays ami.

L'olivaie dépassée, la côte s'accentue, précipitant le souffle des marcheurs. A nouveau, c'est la forêt, mais de chênes courts et clairsemés, cette fois. Entre les feuillages, Djamil voit trembler une lueur. Quelques instants plus tard, au sortir d'une longue courbe, ils approchent d'une énorme masse sombre où brillent plusieurs carrés lumineux.

– C'est la maison! dit Omar.

Ils émergent de la nuit dans une grande pièce aux murs noircis de fumée, qu'éclairent beaucoup plus les flammes de l'âtre que l'unique lampe à pétrole posée au milieu de la table. Deux hommes sont là et sourient aux nouveaux venus.

L'enfant s'assied près du feu, et s'abandonne au bien-être de se sentir arrivé quelque part. Les autres parlent, leurs voix font une paisible musique, c'est le havre, tout rentre dans l'ordre.

Ali est monté à l'étage pour installer leur chambre : il cloue du carton à la place d'une vitre manquant à la fenêtre, et pose leur valise sur une chaise. Omar fait la cuisine en racontant à ses deux compagnons sa visite à la ville et sa rencontre avec Ali. Djamil a chaud, Djamil est bien, Djamil s'assoupit.

Son père le réveille pour manger, mais il s'endort à nouveau avant la fin du repas. Plus tard, il a conscience d'être porté au long de couloirs et d'escaliers glacés, allongé sur un lit et couvert. Les dernières recommandations d'Ali se brisent contre un mur de sommeil...

chapitre 4

LA VIEILLE BASTIDE

« Sommeil... Quel froid! »

Djamil ramène ses pieds glacés à lui, se met en boule.

« Ah! Du soleil! »

Un rayon effleure son front avec la douceur d'une main. Il sourit, entrouvre un œil. De menues feuilles d'or frémissent à la fenêtre, autour des boules grises et sèches de fruits oubliés.

« Comme l'amandier jaunit vite; voici deux jours, il était encore vert! Dommage qu'ils poussent tous en bas du douar et pas chez nous!... Haï! Pas chez nous! Où suis-je? »

L'enfant rejette les couvertures et se dresse sur son séant. Les vieilles lames de fer protestent en grinçant aigrement. Il fait grand jour dans une chambre absolument inconnue.

Djamil se lève et regarde autour de lui avec un effarement curieux. Côte à côte, deux lits étroits contre un mur sombre; dans un angle, fixée par des pitons, une tringle à rideau où pendent les vêtements d'Ali et les siens, une chaise au dossier cassé sur lequel repose la valise, c'est un palace, auprès de l'hôtel de Kadir...

Tout grelottant, il enfile ses vêtements et sort. Dans le long couloir sale et noir, il pousse plusieurs portes au hasard. Certaines s'ouvrent sur des réduits encombrés de matériel agricole, d'autres en plein air, une partie du toit étant effondrée. Il trouve deux chambres semblables à la sienne que doivent occuper les autres Algériens. La maison lui paraît immense et, peu à peu, l'excitation le gagne.

« C'est un endroit formidable pour jouer! Oh! Si Mourad était là!... J'ai faim! La cuisine est en bas, je crois. »

Il aimerait trouver quelqu'un dans la salle commune, mais l'habitation est déserte.

Un bol de faïence l'attend sur la table avec quelques morceaux de sucre et deux grosses tranches de pain. Dans un coin de l'âtre où rougissent encore quelques braises, une casserole de lait est posée. Le lait est tiède, mais l'enfant y trempe son pain avec plaisir. Une vague de tristesse tout à coup le saisit.

« On n'entend rien, personne n'appelle, pas de rires, pas de moutons qui bêlent dans la campagne! »

Le petit douar, enveloppé du lourd parfum des orangers, bruissait de mille vies familières.

Et la maison! Pauvre, mais si belle! Belle de la présence de Djéminha, son sourire et sa douceur, belle des tendres histoires désormais scellées en ses murs. Tout cela appartient maintenant au passé.

Énorme, écrasant, revient le chagrin. Djamil lave et range son bol en reniflant, puis il sort de la maison en traînant les pieds.

De la vieille bastide haut perchée dans les pins et les massifs épineux, la vue s'étend jusqu'à la mer, très loin, en vagues énormes de collines, sous un ciel immense et d'un bleu pur. Où que se porte le regard, c'est le vert uniforme, aucun village, pas la moindre toiture, un espace sans borne que caresse le vaste souffle du vent d'ouest.

– C'est beau! soupire l'enfant que cette solitude écrase.

Lorsque montent de la vallée les onze coups d'une horloge, un large sourire vient éclairer son visage. Un repli de terrain dérobe le village à ses yeux; il est là pourtant, blotti au pied de la colline. Djamil l'imagine bourdonnant d'activité et, un instant, il est tenté d'y courir. Mais Ali rentrera peut-être bientôt, et sera certainement mécontent de cette escapade. Djamil regagne la grande bâtisse.

C'est dans la remise qu'il fait une merveilleuse découverte. Là, coincée entre une tondeuse à gazon et des sacs d'engrais, rouge, haute, un peu rouillée, dort une bicyclette.

– Haï! Un vélo comme celui d'Ocine, je vais pouvoir jouer!

Frénétiquement, il dégage la machine et la pousse au-dehors. Un simple coup d'œil lui apprend qu'il n'arrivera pas aux pédales : il renonce à monter en selle. Il passe une jambe sous le cadre et, légèrement déhanché, commence à pédaler.

C'est délicieux. En quatre tours de roues, le douar natal sombre dans un abîme d'oubli. En vingt mètres, l'Algérie glisse très loin derrière et il est Djamil, fils de prince assurément. Plus loin, au moment de descendre vers la plaine, le chemin bifurque. Djamil choisit de rester en terrain plat et longe les murets de plantations en terrasses. Il accorde à peine un regard aux alignements de plantes grasses et aux arbustes en pots, toute son attention requise par les inégalités du sol. La voie s'arrête brusquement devant un mur de broussailles. C'est la limite des cultures, les véhicules ne peuvent aller plus loin. Djamil repart en sens inverse, plus vite cette fois et riant de plaisir. Il fait ainsi plusieurs allées et venues, son assurance et sa joie croissant à chaque course.

Lorsque le bonhomme fait irruption dans son jeu, Djamil en ressent du dépit. Partout, la venue d'un adulte amène la fin des amusements. Et celui-ci ne fait pas exception à la règle.

C'est un vieux, ses cheveux blancs l'attestent, un homme digne de respect. Il s'appuie sur une canne, près d'une automobile arrêtée devant la ferme. Djamil, intimidé, a freiné à bonne distance. L'homme le détaille avec sévérité.

– Approche un peu!

Djamil ne bouge pas et se contente de bredouiller un « bonjour » inintelligible.

– Approche donc, je ne vais pas te manger!

L'enfant s'avance à regret, poussant devant lui la bicyclette.

– Alors, c'est toi le fils d'Ali? Eh bien, mon garçon, il va falloir te tenir convenablement, si tu veux que je te garde chez moi. Et pour commencer, ne pas toucher à ce qui ne t'appartient pas! Va me remettre ce vélo en place!

Djamil obéit en silence.

« Pourquoi m'ôte-t-il le vélo, ce méchant homme? Pas pour monter dessus, à son âge et avec sa canne! »

La bicyclette retourne dans la remise, et Djamil va se poster devant la porte de la cuisine, bras ballants, œil plein de rancune. Le père Bennière l'observe, puis s'exclame, irrité:

– Ne reste pas là sans rien faire! Ce n'est pas bon..., il faut travailler, mon garçon.

– Je ne sais pas quoi faire.

– Ah! Tu as retrouvé ta langue! Mais, dis moi, tu parles mieux le français que ton père!

– C'est normal, il n'a pas été à l'école.

La curiosité de Bennière s'éveille. Il dévisage son interlocuteur avec une pointe d'intérêt.

– Sais-tu écrire, aussi? questionne-t-il.

– Bien sûr! Le Français et l'Arabe, et puis je suis assez bon en arithmétique.

– C'est bien, d'être savant! En attendant, suis-moi, je vais te donner de l'ouvrage. A ton âge, on ne doit pas rester oisif.

Bennière tourne le dos et s'en va, claudiquant, suivi à quelques pas par un Djamil renfrogné. Comme ils approchent des cultures, l'homme désigne de la canne un rectangle de terre fraîchement retourné.

– Dans la semaine, on va me livrer des lauriers roses, je les ferai mettre là. Ramasse donc les cailloux qui restent sur le labour.

Djamil se met à l'ouvrage sans grand enthousiasme. L'homme le regarde faire, puis il hausse les épaules et déclare:

– Tu peux me dire à quoi te sert l'instruction? Quand tu seras grand, que feras-tu de plus que ton père? C'est du temps et de l'argent gâchés pour tout le monde. Regarde donc, tu oublies une grosse pierre derrière toi!

Djamil, blessé, se tait.

« De quoi se mêle-t-il, ce gros bonhomme? D'abord, je serai maître d'école, oui! »

– Moi, quand j'avais ton âge, j'étais déjà placé, et je travaillais dur! A l'époque, on ne vous payait pas pour ne rien faire...

Djamil se vexe.

– Mais je travaille dur, à l'école! Les problèmes, les opérations, l'histoire, la géographie..., ce n'est pas rien tout ça!

Bennière éclate de rire.

– Voyez-vous ça, le petit coq! Mais c'est qu'il est vif, le gamin! Eh! Ne jette pas tes cailloux dans mes plantations!

– Elle n'est pas belle, cette terre, dit Djamil.

– Là, tu as raison, mon gars. Mais nous, en France, on est malin. Une terre comme celle-là, trop argileuse, on l'allège avec du sable, ou de la terre de bruyère, puis on y mélange des tas de produits..., et ça pousse.

L'homme semble amusé de discuter avec l'enfant, et celui-ci commence à oublier un peu le fastidieux de sa tâche.

C'est alors que la camionnette conduite par Ali vient se ranger derrière la voiture de Bennière. Les ouvriers en descendent.

– Alors, Hussein, avez-vous terminé la rocaille, chez le Parisien?

– Oui, il ne reste qu'à apporter les fusains.

– Que fais-tu là, Djamil?

Ali, descendant de voiture, a lancé l'interrogation en arabe, sa voix est dure.

– Ben... Je travaille, je me rends utile, quoi!

– Rentre à la maison!

Omar intervient et, se tournant vers Bennière, explique:

– Hussein, Mouloud, Ali et moi, on travaille pour toi. Le petit, il ne travaille pas pour toi. Le petit, il joue, il va à l'école et c'est tout!

– Mais, bien sûr, Omar! Ne t'énerve pas comme cela! D'ailleurs, nous sommes déjà une paire d'amis. Il est intelligent ton petit, Ali.

Ali oublie immédiatement son courroux. Ce compliment adressé à son fils le touche au cœur. Il sourit avec confusion, tandis qu'un éclair d'orgueil traverse ses yeux noirs. Inclinant un peu la tête, avec timidité, il dit:

– Il est bien, je crois.

Les ouvriers déterrent une trentaine de jeunes fusains, les chargent dans la camionnette, ils travaillent vite, sans échanger un mot. Cela leur prend une demi-heure et, lorsque tout est prêt, il ne reste guère de temps à consacrer aux bavardages.

Le repas s'expédie en silence, puis les ouvriers retournent à la camionnette. Djamil les suit en tenant son père par la main.

– Qu'as-tu fait ce matin, demande Omar, tu n'as pas ramassé des cailloux tout le temps?

Une lueur espiègle s'allume dans les yeux de l'enfant.

– Du vélo! Tu sais, le grand vélo, là-bas... Mais le vieux est arrivé, il était fâché. Il ne veut pas que j'y touche.

Le visage du gamin reflète encore tout le plaisir du monde. Personne ne trouve rien à dire, et d'ailleurs, que pourraient-ils ajouter? Que la joie de Djamil est déjà comme une faible lumière dans la nuit de leur isolement et qu'ils enragent lorsqu'elle vacille? Cela n'est pas du domaine des enfants.

– Rentrerez-vous tard?

– Pas avant six heures et demie, répond Omar, mais il faut encore décharger, arroser les plantes et tout préparer pour demain.

– Que vas-tu faire? questionne Ali.

– Je ne sais pas, j'aimerais descendre au douar.

– Il vaut mieux attendre, nous irons ensemble. Mais tu peux te promener dans la colline.

Et Omar ajoute:

– C'est plein d'animaux, ici: des renards des lapins, des blaireaux, et même des sangliers. Si tu ne fais pas de bruits, tu en verras peut-être?

– Après ma promenade, est-ce que je pourrai encore enlever les pierres sur le labour? Tu comprends, ça m'amuse de travailler un peu comme un grand... , et puis le temps passera plus vite!

Ali claque rageusement la portière puis, tout en démarrant, concède d'une voix mécontente:

– Fais ce que tu veux!

Djamil, planté au milieu du chemin, les regarde partir, un peu peiné.

Comme il aborde la descente, Ali freine avec brutalité, penche la tête au-dehors, et crie par-dessus le bruit du moteur:

– Eh, Djamil! Si tu es sage, dès qu'on aura des sous, je t'achèterai un vélo!

chapitre 5

PREMIÈRES RENCONTRES

Quel que soit le lieu de travail, le trajet de retour passe obligatoirement par le village. Ali et ses camarades en profitent pour y acheter l'indispensable. Hormis cela, le patron interdit que la camionnette fasse le parcours pour le seul compte des ouvriers. Lorsque ceux-ci, le dimanche, désirent s'approvisionner plus amplement ou seulement se mêler un peu à la vie du village, ils vont à pied.

Or, ce samedi, tout en inspectant les jeunes plantations autour de la bastide, Bennière dit à Ali :

— Tu devrais descendre demain matin avec la camionnette et faire des courses. Quand on habite loin, il faut des réserves! On va vers le mauvais temps, et si le chemin devient impraticable aux voitures, vous devrez tout ramener à pied. Les légumes, les conserves, ça pèse lourd! Tu pourrais prendre du lait en boîte pour le gamin, des sacs de pommes de terre, des pâtes... Enfin, moi je te donne un conseil, tu fais ce que tu veux!

Ali remercie, un peu étonné de cette soudaine attention. La visite des plants terminée, le patron rentre dans sa deux-chevaux dont il met le moteur en route. Tout en reculant, il soulève sa vitre et crie:

– Pendant que vous serez en bas, allez donc à la remise près de la mairie, il y a des pots à charger. A vous tous, vous aurez vite fait, et cela nous avancera pour lundi.

Ali ne peut rien répondre, car déjà la voiture s'éloigne. De toute façon, il n'aurait rien répondu, mais il comprend la raison de la subite générosité de l'homme.

Le soir, Ali raconte l'affaire à ses compagnons. Mouloud suggère de ne pas quitter la maison, mais Omar fait remarquer que Bennière étant le patron, sera toujours le plus fort, et qu'il trouvera cinquante façons de les ennuyer. Tout le monde se range à cet avis, bien que la perspective de travailler un jour de repos et sans salaire ne plaise guère.

Le lendemain donc, Ali se met au volant, et toute la maisonnée grimpe dans la camionnette. Si les hommes manquent d'enthousiasme, Djamil est ravi : faire une promenade en voiture, voir enfin ce village et connaître des enfants qui deviendront ses compagnons de jeu! L'enfant se trémousse sur la banquette avec une joyeuse impatience. Bien qu'Ali conduise doucement sur la pente caillouteuse, veillant à éviter les plus grosses ornières du chemin, les chaos de la descente projettent un Djamil rieur sur l'un ou l'autre de ses compagnons. Face à cette bonne humeur, ceux-ci, petit à petit, se dérident.

— Djamil, au moins, est content! remarque Omar.

Ali sourit et approuve :

— Il s'ennuie là-haut, mais il faut attendre les papiers pour l'école; sans les papiers, le maître ne peut pas le prendre.

— En attendant, dit Djamil, je vais trouver des amis, et je descendrai jouer avec eux au village, ou bien ils monteront me voir!

— Allons directement à la remise, propose Omar. Ensuite, nous irons aux provisions...

Djamil pense qu'il aura beaucoup de temps pour s'amuser, et c'est le cœur battant qu'il voit, au sortir d'un virage, apparaître les premiers toits.

La camionnette stoppe devant la remise. Les fameux pots à charger se trouvent enfouis derrière un monceau de matériel : machines, outils, tas de planches de toutes grosseurs, châssis, sacs d'engrais... Au moins deux heures à perdre pour tout sortir, accéder aux pots, les charger sur la camionnette, et tout rentrer à nouveau. C'est bien ce que les hommes redoutaient : ils se mettent sans tarder au travail.

Djamil, tout à coup intimidé, reste planté à proximité, à l'angle de la petite place de la mairie. Au centre, il y a une fontaine, l'enfant s'en approche lentement, puis s'enhardit jusqu'à s'asseoir sur la margelle de pierre. Il n'attend pas longtemps... Un bruit impressionnant naît au plus haut du village, s'enfle, dévale... Une cavalcade, accompagnée de cris aigus débouche sur la place par une ruelle en pente, dans un merveilleux vacarme. C'est une planche posée sur quatre roulettes, portant deux garçons d'une douzaine d'années, assis l'un derrière l'autre. Cinq ou six enfants courent autour, criant et riant. Le chariot s'arrête.

« Comme cela doit être amusant ! » pense Djamil.

Du côté des petits villageois, un silence étonné suit la découverte du nouveau venu. Après un bref conciliabule, ils approchent de la fontaine. L'un des occupants du traîneau, un garçon grand et blond aux joues rouges, l'un des plus âgés de la bande, interpelle Djamil :

– D'où es-tu ?

– Je viens d'Algérie, répond Djamil sans se laisser démonter par le ton impératif de la question.

– Ça, tu n'as pas l'air d'être du pays, tu ressembles plutôt à un gitan ! Alors, tu es avec eux ?

Et le garçon indique, de son pouce relevé,

l'angle de la place où s'activent Ali et ses camarades.

– Oui. Mon père, c'est le grand avec des moustaches... Il conduit la camionnette!

– Ouais... Alors, tu vas rester ici?

– Oui. Dès que j'aurai les papiers, je viendrai à l'école.

– Ah! Eh bien, on se reverra! Salut... Venez, vous autres, nous n'avons pas de temps à perdre!

La troupe d'enfants s'envole, aussi vite qu'elle est venue, laissant Djamil décontenancé et déçu. Le traîneau disparaît, et tous ses espoirs de jeu.

– Djamil!

Ali fait de grands signes de la main. L'enfant court à lui.

– Il ne faut pas rester tout seul! Va jouer avec les enfants.

– Ils ne m'ont pas dit de les suivre.

– Tu es bête! Il faut y aller et ils joueront avec toi!

– On ne se connaît pas encore assez, répond Djamil qui s'éloigne en soupirant.

Les grandes personnes ne comprennent pas toujours... Lui sait bien que si le garçon blond avait voulu de sa compagnie, il l'aurait dit. Disparue, la joyeuse impatience! Maintenant, assis solitaire sur sa margelle, Djamil sent des larmes monter irrésistiblement et, comme toujours en cas de désarroi, un jeune visage consolateur revient le hanter. Dans un désir mutuel d'éviter toute blessure, Ali et son fils ne parlent jamais de Djéminha. Mais que l'enfant éprouve la moindre tristesse ou tout simplement si son esprit se trouve vacant, les souvenirs affluent, une brèche s'ouvre dans le passé où Djéminha règne, souriante, incroyablement présente, et pourtant à jamais hors d'atteinte.

Djamil ferme les yeux, il est de retour au douar natal. Quelques brèves paroles en arabe, qu'échangent parfois Ali et ses camarades, viennent renforcer l'illusion. Le soleil a jailli par-dessus le clocheton de la mairie et inonde la placette, le figuier tout près de là s'échauffe et sent bon! Oui, c'est cela... Sa main caresse et reconnaît l'immuable pierre de la fontaine, polie, douce et tiède, fruste d'usage séculaire.

– Pourquoi fermes-tu les yeux?

– Pour me retrouver chez moi!

Djamil a répondu machinalement, un sourire engourdi flotte encore sur son visage. Puis tout à coup il sursaute, surpris, et dévisage son interlocuteur. L'être est sympathique. Est-il fille ou garçon? Cela, Djamil ne saurait le dire. Il porte des pantalons de velours, un blouson, des cheveux châtains coupés courts, cachant à peine les oreilles. Une frange épaisse lui couvre la moitié du front. Il a la taille et l'âge de Djamil...

– C'est loin, chez toi?

– Oui, en Algérie... Et c'est beau! ajoute Djamil avec un soupçon d'agressivité.

– Sûr! approuve gravement l'être conciliant qui ajoute :

« Comment t'appelles-tu? »

– Djamil.

– Un joli nom, et pas courant avec ça! Dans ma famille, toutes les filles se nomment Lucie. Moi comme les autres, mais je préfère Luce parce que, tu comprends, lorsque avec grand-mère, ma tante et maman, nous passons dans la rue, si quelqu'un appelle Lucie, on se retourne toutes les quatre!

Djamil sourit, amusé. Décidément, cette fille est plus gentille que le garçon de tout à l'heure.

– Tu vas habiter ici?

– Oui, je suis là-haut, sur la colline... Mon père, c'est le plus grand des hommes, celui qui a une moustache! dit Djamil en désignant les travailleurs.

A ce moment, Ali lève la tête, voit les enfants et leur sourit.

– Il a l'air gentil! Mais, dis-moi, tu parles drôlement bien le français pour un Arabe!

– Chez nous, la moitié des classes se font en français!

– Tu vas venir ici à l'école?

– Oui, j'attends mes papiers d'Algérie.

– Luce, Luce! Ah, te voilà enfin!

Une forte femme à la face rubiconde vient de déboucher sur la place.

– J'arrive! crie Luce à son adresse.

Puis elle murmure, avec une grimace piteuse :

« Je vais de nouveau me faire gronder... »

La fillette s'éloigne en courant pour rejoindre sa mère, se retourne et agite le bras en signe d'adieu.

Luce n'est certainement pas unique, il doit y en avoir d'autres de son espèce. Des tas de Luce des deux sexes, tous drôles et gentils. Il suffit d'attendre patiemment qu'ils se montrent. Djamil attend donc avec sérénité, et la matinée passe.

Maintenant, les pots sont entassés sur la camionnette, les ouvriers achèvent de tout remettre en place.

– Je vais faire les courses, veux-tu venir? questionne Ali.

Djamil hésite un instant : ne va-t-il pas manquer en quittant son poste quelque être charmant qui, justement, passerait là? Jamais ses semblables n'ont paru à l'enfant si difficiles d'atteinte. Aimables ou pas, ils sont aussi insaisissables que des djinns. A peine les a-t-on vus qu'ils disparaissent aussitôt vers des occupations d'eux seuls connues, et dans lesquelles Djamil n'a pas de place. Mais peut-être justement leur vie se déroule-t-elle dans ce labyrinthe de ruelles que Djamil n'a pas osé aborder seul et que son père l'invite à découvrir... Il doit se faufiler dans leur univers, participer à leur existence, être celui que l'on cherche, celui vers qui l'on court, celui que l'on demande.

« Avez-vous vu Djamil? Je cherche Djamil, si tu le vois, dis-lui que je l'attends! J'attends Djamil, il m'a promis de venir! »

– Eh bien, mon petit, tu rêves?

Ali doucement, lui secoue l'épaule.

– Je te suis, dit Djamil résolument.

Les petites rues voûtées, tout en escaliers, les minuscules placettes et les impasses mystérieuses, se révèlent, l'une après l'autre, vides d'aventure. Pas plus à la boucherie que chez la boulangère, les enfants entr'aperçus n'offrent une faille à Djamil par laquelle il pourrait se glisser dans leur vie. On ne le voit pas, ou bien le regard glisse sur lui sans s'attarder, au point que Djamil doute d'être là. Pour se rassurer, il se tourne vers le monde des adultes, vers son père. Alors, stupéfait, il découvre que Ali non plus n'est pas là...

Dans l'épicerie, Ali attend près d'un rayon, son grand sac à la main. Des gens entrent, sortent, se servent, réclament, payent, se succèdent, se pressent autour d'eux sans les voir. On ne lui demande rien, il attend. Enfin, Djamil fait remarquer à son père :

– Tout le monde se sert seul, ici... Tu devrais en faire autant.

Ali hésite, regarde. Un homme, arrivé bien après eux, prend quelques articles ici et là, passe à la caisse, repart.

– Tu as raison.

Ali se met, lui aussi, à parcourir les présentoirs, remplit son sac de victuailles. Brusquement, un cri éclate :

– Eh, dis! Que me voles-tu là-bas!

L'épicière, toute ronde, se précipite, arrache des mains d'Ali le couffin déjà plein à moitié. Ali, cramoisi, bredouille :

– Mais je te vole rien! Je fais comme tout le monde!

– Comme tout le monde! On les connaît les Arabes, allez!

– Mais je te jure que je ne prenais rien!

– Ça va, ça va! Passe à la caisse maintenant ou j'appelle les gendarmes...

– Oui, oui! Je te paie tout de suite.

Ali est atterré. Djamil s'est fait tout petit dans un coin, il ne comprend plus. Ce monde est fou, complètement fou!

– On se croyait dans un libre service, sans doute!

– Mais non, voyons! On se prenait pour quelqu'un du pays...

– Ah, ah!

– Dès que j'en ai un ou deux dans la boutique, je ne vis plus!

– Quand même, le village était plus tranquille avant; je ne comprends pas le père Bennière.

– Dites, quatre, qu'il en a cette année! Cinq avec le gosse!

– Sa maison doit être belle, tiens!

– Sans compter que plus personne n'ose aller se promener par là-haut, maintenant.

Il reste deux clients dans la boutique, et tandis que l'épicière fait le compte d'Ali, avec sa petite machine à calculer, les langues vont bon train... Djamil s'approche de son père, s'accroche à sa veste. Ne plus entendre, s'il pouvait ne plus entendre! Ne plus voir leurs visages de haine, s'il pouvait être aveugle!

– Trente-neuf francs, et ne recommence jamais plus, hein?

Ali, au comble de la confusion, détourne les yeux et répond comme un enfant pris en faute :

– Oui, oui! Je te jure.

Fébrilement, il dépose un billet sur la caisse, ramasse la monnaie que l'épicière pousse vers lui, et se sauve bien vite, entraînant Djamil.

– Vous avez vu sa tête? Je n'aimerais pas le rencontrer seule au coin d'un bois!

Djamil claque la porte derrière eux. Enfin! C'est fini, il ne les entend plus, et là-bas, au bout de la ruelle, Omar et Hussein arrivent, bras dessus, bras dessous, sourire aux lèvres.

– Tu en fais une mine, Ali! Et le petit

aussi... Que s'est-il passé? Djamil a fait une bêtise?

Ali ne répond pas, encore trop ému pour parler. C'est Djamil qui, d'une voix rageuse, révolté, raconte l'incident. Hussein hausse les épaules et déclare, fataliste :

– On n'y peut rien! On n'y peut rien, mon frère!

– J'aurais dû te prévenir, ajoute Omar. Cette femme croit toujours qu'on veut la voler, dès que l'on met les pieds dans sa boutique... Par contre, elle ne se gêne jamais pour nous escroquer! J'aurais dû te conseiller aussi de toujours recompter après elle..., sa spécialité, c'est d'additionner plusieurs fois le même prix! Elle nous sert toujours les derniers, il ne faut pas avoir peur de l'obliger à expliquer sa facture!

– Une femme a dit que plus personne ne se promenait dans la colline depuis que nous y sommes... C'est vrai, ça? demande encore Djamil.

– Eh oui! Mais nous sommes plus tranquilles aussi! Allez, remets-toi un peu, gamin! Tout cela n'a pas d'importance, n'y pense plus. Venez plutôt au café, nous allons faire la fête. Omar paraît plus réjoui que jamais, rien ne semble pouvoir l'atteindre.

Comme Djamil ne s'apaise pas assez vite à son gré, il plante par surprise deux doigts tendus entre ses côtes. L'enfant, chatouillé, éclate de rire, se débat. Omar l'enlève entre ses bras puissants, le fait tournoyer longuement, puis le repose à terre. Djamil se jette sur lui pour simuler une bataille.

– Aïe, aïe! crit Omar en se sauvant à toutes jambes dans la ruelle.

Djamil se lance à sa poursuite.

– Ces gens-là ne voudront jamais de nous! déclare Ali sombrement en leur emboîtant le pas.

– On n'y peut rien, mon frère, on n'y peut rien! répète Hussein obstinément.

chapitre **6**

L'ÉCOLE

Ali se force à la gravité, mais les trois autres sont très excités. C'est le grand jour pour Djamil, et c'est aussi un peu le leur. L'enfant est fier de son importance, pourtant, inconsciemment, la fièvre de ses amis le remplit d'appréhension. Dans le passé, l'école représentait pour lui une occupation plutôt ennuyeuse, mais banale. Si la rentrée entraînait une certaine émotion, les adultes, en tout cas, ne s'en souciaient guère. Djamil est porteur d'un espoir qui l'inquiète. Espoir de quoi? De forcer les portes et les cœurs des villageois? Depuis l'amère déconvenue subie l'autre jour à l'épicerie, l'enfant ne croit plus que cela soit possible. Prendre une revanche sur le dédain, l'indifférence, le dénuement? Mais, pour l'instant, Djamil rêve amitié et non vengeance.

– Regarde, Djamil, le grand toit rouge, devant les trois platanes..., c'est là.

Il y a effectivement trois platanes devant la cour macadamisée. L'école, de près, paraît plus petite, car le trou d'un profond préau se partage la toiture avec le bâtiment. La façade est blanche, percée de hautes fenêtres aux linteaux de briques; six au rez-de-chaussée, quatre à l'étage. Les croisées du bas sont nues, des rideaux blancs occultent celles du haut. Une volute de fumée grise s'échappe par la cheminée. L'instituteur demeure ici.

Il fait froid, Djamil et son père piétinent sur la place. Omar, Mouloud et Hussein n'ont pas osé venir jusque-là, ils attendent au café de la poste. Le cartable de l'enfant lui glace les mains, il le pose contre un arbre, et revient près de son père.

— Il n'y a personne encore..., tu crois qu'il faudra attendre longtemps?

— Je ne sais pas. Nous sommes descendus tôt, à cause du travail.

— Quelle heure est-il?

Au poignet d'Ali, la grosse montre d'acier jette un bref éclat.

— Sept heures vingt. A huit heures moins vingt, le patron vient nous chercher à la remise.

— Dis, tu ne vas pas me laisser seul?

— Non. Il attendra s'il le faut, je l'ai prévenu

hier. Tiens, il y a quelqu'un à la fenêtre, là-haut.

Djamil relève vivement la tête. A l'étage, un rideau s'est écarté et un gros visage de femme, ébouriffé, les regarde. Le rideau retombe, puis un instant plus tard, quelqu'un apparaît, un homme cette fois. Du coin de l'œil, Djamil voit que son père se détourne. Il fait de même, et tous deux recommencent à piétiner. Un peu de soleil effleure maintenant un coin de la cour. Ils s'y réfugient.

– Tu as vu? C'était le maître. Omar dit qu'il est très gentil. Il lui remplit toujours les papiers de la Sécurité Sociale.

A huit heures moins le quart, ils attendent encore. Et brusquement, les écoliers arrivent, par petits groupes animés et bavards.

Djamil frémit de bonheur. Ils sont quinze, ils sont vingt..., et d'autres suivent.

– Eh, Djamil!

C'est Luce. Elle franchit le portail en compagnie du garçon blond de l'autre jour, celui du traîneau à roulettes.

– Tu as déjà des amis, tu vois! remarque Ali.

Djamil ne répond pas, il sourit à Luce et au garçon blond qui approchent.

« Elle se souvient de mon nom! Ils viennent me parler! »

Djamil se sent quelque réticence pour le garçon du traîneau à roulettes, parce qu'il le trouve un peu hautain, mais ce n'est pas grave, cela ira mieux dans une heure.

– Alors, Djamil, ça y est, tu viens à l'école?

– Oui, je commence ce matin.

– Tu es dans quelle classe, avec les grands ou les petits? demande le blond.

– Je ne sais pas encore, je n'ai pas vu le maître, et mon père n'a rien demandé.

Cette dernière réponse attire l'attention sur Ali, qui se tient légèrement en recul, toujours voûté mais l'œil rayonnant.

– Bonjour, monsieur, dit Luce.

Le blond se dandine d'un pied sur l'autre. Dit-on « monsieur » à un Arabe? Il hésite, puis finalement esquisse une grimace aimable.

– Bonjour, souhaite Ali en tendant une grosse main timide que les enfants serrent après une seconde de surprise.

Ali se tourne vers son fils et toujours en français, lui dit :

– Tu connais des gens, ici, maintenant je peux partir, hein?

– Ah bon! Si tu veux... Mais le maître, dis, il est prévenu?

– Oui, oui..., je t'attendrai sur la place, à midi.

Djamil embrasse son père qui se sauve à

grands pas. Luce et le garçon échangent un regard étonné, puis la fillette pouffe de rire. Si le garçon avait ri, Djamil se serait sans doute vexé. Mais c'est Luce, et Luce se souvient de son nom; il trouve Luce gentille. Alors, lui aussi se met à rire. Luce rit parce que le départ d'Ali ressemble à une fuite qu'elle ne comprend pas, et Djamil pour introduire un peu de complicité entre la fillette et lui.

– Vous êtes idiots, dit le blond.

Il ajoute avec un air préoccupé :
« Si tu es avec les grands, je me demande où le Chouan va te mettre en classe. Il y a une place devant moi, une autre...

– Le Chouan, c'est le maître?

– Oui, mais ce n'est pas son vrai nom; il s'appelle monsieur Fayol. Nous l'appelons le Chouan à cause d'un feuilleton à la télé..., il ressemble à un acteur.

– Un conseil : oublie son surnom lorsque tu lui parles, prévient Luce. Ça le rend enragé. Il dit que les Chouans, ce n'est pas son genre, et il a donné une gifle à Thérèse, un jour...

– Tiens..., le voilà justement!

L'instituteur, en effet, vient de faire son apparition dans la cour. De taille moyenne, âgé d'une quarantaine d'années, le crâne coiffé d'un casque épais de cheveux noirs légèrement grisonnants autour des oreilles. Le regard est doux, mais le dessin des mâchoires, en quelques lignes nettes, suggère une certaine énergie.

— Allons! Au travail, mes enfants!

Le maître frappe dans ses mains, les conversations et les cris s'arrêtent. Déjà, les écoliers les plus proches de la porte se mettent en rang. Luce et le blond s'éloignent. Djamil connaît un instant de panique. Que doit-il faire?

— Viens donc, ne reste pas planté comme ça!

Le blond s'est retourné et l'appelle. Djamil lui dédie un regard plein de gratitude, court chercher son cartable, et rejoint ses deux camarades. Il a devant lui le blouson brun de Luce.

« Une drôle de fille! Elle est gentille un moment, et pfft! Plus rien..., je suis mort! »

— Tu t'appelles Djamil, je crois.

— Oui, monsieur.

— As-tu des cahiers, des crayons avec toi? J'ai donné la liste à ton père, il me semble.

— Oui, monsieur.

— Eh bien, c'est parfait, Djamil. Je suis sûr que nous nous entendrons tous bien avec toi.

Le maître insiste sur le « tous » et regarde ses élèves. Il réfléchit, de petits plis soucieux marquant son front. Sa réflexion dure une minute ou deux, puis il demande à la cantonnade :

– Où reste-t-il des places libres?

– Ici m'sieur, ici, ici!

Trois mains se lèvent. Une chaise vide au fond de la classe, devant le blond, une autre près d'une fenêtre, la dernière au centre : Luce est assise deux tables plus loin.

« J'aimerais bien qu'il me mette là! »

– Et toi, Bernard! Tu as besoin de deux tables?

La voix du maître est menaçante. Djamil cherche l'interpellé, il le trouve contre le mur, au bout de la première rangée. C'est un gros garçon de petite taille, aux cheveux bruns coupés court, le teint mat, la mine renfrognée. Près de lui, Djamil découvre une chaise inoccupée.

– J'ai mis des livres dedans, m'sieur.

– Retire-les! Je vous ai déjà dit qu'il était inutile de tout avoir ici... Tu vas t'installer là, Djamil.

Bernard se renfrogne davantage, mais libère le casier. Djamil regrette d'être ainsi imposé; Si Bernard ne veut pas de son voisinage, il est bien évident qu'ils ne pourront s'entendre. Ce garçon-là est certainement un maniaque, la vie n'est pas drôle près des maniaques!

Djamil s'assoit, Bernard lui lance un regard mauvais. Le maître le remarque, mais ne dit rien.

« Une excellente leçon pour Bernard..., pour les autres aussi, d'ailleurs! » pense le Chouan.

Il reprend à haute voix :

– Les enfants, vous avez donc un nouveau camarade. J'espère que vous serez aussi gentils avec lui que vous l'êtes entre vous. Djamil est en quelque sorte un hôte de notre pays et en lui réservant un bon accueil, non seulement vous remplirez un devoir, mais vous ouvrirez votre esprit... Puisque nous avons à présent une leçon de géographie, nous allons effectuer exceptionnellement un petit voyage vers l'Algérie, pour faire connaissance avec le pays de Djamil...

« Pourquoi, mais pourquoi donc les choses sont-elles aussi compliquées? » pense Djamil.

– Eh, Machin! Mets ton cartable par terre, je ne peux pas voir! souffle Bernard.

Djamil ôte son cartable, et écoute la leçon du Chouan. Il est content d'entendre parler de l'Algérie. Doucement, tout doucement, une bonne chaleur le pénètre. Quelque chose se passe ici. Ils sont tous là, les autres, qui écoutent parler le Chouan, et lui Djamil est avec eux, parmi eux. A cet instant, le maître a vraiment ouvert une brèche.

– Eh, Machin! Mets pas tes doigts dans ton nez, c'est dégoûtant.

100

Bernard manifeste son antipathie avec beaucoup de logique.

Le soleil inonde la cour. Les enfants libérés courent au soleil en tous sens, et Djamil libéré rit au soleil.

– Pourquoi ris-tu tout seul, Djamil?

C'est Luce, Luce la gentille. Djamil a passé une heure en compagnie de Luce...

– Je suis content d'être avec vous!

– C'est seulement pour ça? Tu es bizarre, toi!

Luce, brusquement, s'inquiète. Que Djamil se mette à rire pour une raison aussi simple, ce n'est pas normal. Il y a trop de chaud bonheur dans la réponse de Djamil, cela vient du cœur et s'adresse au cœur... c'est presque agréable, mais c'est aussi un aveu : Djamil n'est pas toujours aussi content. Déconcertée, Luce fait volte-face et court vers les jeux.

Djamil la regarde partir avec amusement. Luce est bien sympathique, malgré ses virevoltes. Elle est comme les vrilles de la vigne, gracieuse, changeante, insaisissable, un peu acide.

« Tiens, je ne connais pas ce jeu-là! »

Bernard, en arbitre, le blond – « il faudra que je lui demande son nom » –, est en compétition avec un garçon qui le dépasse d'une haute tête, sous le préau. Djamil s'étonne de ne pas avoir encore remarqué ce géant. Il doit pourtant passer difficilement inaperçu, au milieu d'enfants qu'il domine largement.

« Serait-il dans la classe des petits? »

Djamil repousse cette idée, le duvet sombre qui borde sa lèvre supérieure annonce au moins ses quatorze ans. La partie engagée se termine dans les rires et la confusion, sans qu'il soit possible de désigner un vainqueur. Djamil croise le regard de Bernard. Bernard parle au géant. Ils sont trop loin pour que Djamil entende... Le géant et le blond le regardent, à présent.

– Eh, Machin! Viens donc faire une partie avec Marc! crie Bernard.

Djamil frémit de joie. Il galope. Le blond lui cède la place, face au géant.

– A ce jeu, Machin, il faut surtout du nerf! Tu fonces et tu ne t'occupes de rien, lui conseille Bernard avec un sourire en coin.

La partie commence. Ce n'est pas un jeu difficile, et Marc décompose tous les gestes avec lenteur.

Temps mort : il frappe dans ses deux mains, imité par Djamil. Puis les quatre paumes se rencontrent de front, mains droites contre mains gauches dans un claquement sec : un! Temps mort, seules repartent ensuite les paumes droites, clac! Dextre contre dextre : deux! Temps mort, clac! Mains gauches, cette fois :

trois! Temps mort, tout recommence... Marc scande le rythme et insensiblement l'accélère. Temps mort, un, temps mort, deux, temps mort, trois... le contrôle devient difficile et les gestes se font mécaniques, instinctifs. Un, deux, trois, quatre, cinq, six,..., c'est un crépitement, une interminable rafale. Paf! C'est fini, Djamil vient de recevoir une gifle.

Il ne comprend pas tout de suite, reste interdit, une joue écarlate, les mains en l'air. Un rire énorme secoue les trois autres.

Alors, brusquement, c'est là, une rage terrible. Djamil lance une injure, rend la gifle à Marc, ajoute un coup de pied.

– Ah oui! Tu vas voir, sale bicot!

Marc se jette de tout son poids sur Djamil, les orions tombent. Djamil se protège comme il peut, mais il n'est vraiment pas de taille à résister. Bernard lui décoche aussi quelques coups de pieds sournois. Le blond reste impassible. Si la mauvaise plaisanterie imaginée par Bernard lui a plu, dans la bagarre finale, il préfère garder la neutralité. Lorsqu'une poignée d'écoliers, attirés par la bataille, s'engouffre sous le préau, il se borne à jeter l'alarme :

– Attention vous autres, voilà du monde! Le Chouan va arriver!

L'instituteur, effectivement, ne tarde pas. Mais déjà tout est rentré dans l'ordre : Marc et Bernard contemplent les poutres du préau avec une attention suspecte, un groupe d'élèves bavarde à mi-voix en jetant des regards furtifs vers le maître... Seul dans un coin, Djamil garde les yeux obstinément baissés vers le sol et renifle un peu...

Le Chouan connaît son petit monde. Du premier coup d'œil, il a compris. Maintenant, il attend; puis comme personne ne fait appel à lui, il hausse les épaules et commande :

– Passez dans la cour, je ne veux voir personne sous le préau par beau temps.

Tout le monde s'exécute avec empressement. Djamil va s'asseoir au pied de la façade blanche de l'école, à l'endroit où ce soleil trop fragile frappe le plus fort. Là-bas, Marc et Bernard très entourés, triomphent sans modestie. Djamil évite de regarder de leur côté. Il ne veut pas savoir si Luce et le blond sont avec eux. Le maître arpente la cour avec sa femme – elle fait la classe aux petits. Régulièrement, ils passent devant Djamil qui saisit des bribes de conversation.

– ... tout de même!

– Non, il vaut mieux s'abstenir de nous mêler de leurs disputes. D'autant plus qu'ils refusent notre arbitrage...

« Ne te salis pas, surtout ne te salis pas! » Djéminha avait dit ça en le laissant partir, l'an dernier avant la fête de Laïd el Kébir. Djamil s'en souvient parfaitement. Avec la chemise blanche toute neuve et le pantalon de coton gris envoyé de France par Ali, il était le plus beau du douar. Tous les enfants s'étaient retrouvés près des jardins et il avait remporté un fier succès, lui Djamil.

– A cet âge-là, ils ont un minois charmant! Dommage qu'ensuite...

– Évidemment! Avec la vie que les gens leur font, comment veux-tu qu'ils ne soient pas farouches!

Saïda l'avait choisi ensuite, pour la bataille à cheval. Mais ils n'avaient pas beaucoup joué, ce jour-là. Chacun portait ses plus beaux vêtements, et craignait de les déchirer. Il faisait un temps exceptionnel pour la saison, et lorsque Djéminha était venue le chercher, tout le monde avait bien vu que le soleil ne brillait que pour cascader sur sa grande jupe lamée.

– En classe, les enfants!

Djamil ouvre les yeux, se dresse. Le passé, le rêve deviennent cruels, confrontés à la réalité. Le vrai refuge, c'est le futur, l'imprévisible futur.

Onze heures trente, la sortie. Djamil retrouve le blond dans la cour.

– Comment t'appelles-tu?

Le blond le regarde avec agacement. Luce qui passe près d'eux lance :

– On l'appelle Bouledogue, parce qu'il est gracieux comme un chien de garde...

Le blond hausse les épaules et répond :

– Jean-Paul... Dis, tu es fort en calcul, toi?!

– Tu sais, ce n'est pas difficile! Les règles de calcul sont les mêmes partout, ce n'est pas comme les mots.

Jean-Paul reste silencieux. Au cours de l'heure précédente, Djamil a remporté quelque succès en arithmétique, sa discipline préférée. Jean-Paul est inquiet : si Djamil devient le meilleur élève de la classe en calcul, que va dire son père? Être dépassé par un Arabe! Il sera furieux. Pourtant, si ce n'était cette préoccupante question d'honneur, Jean-Paul trouverait Djamil plutôt sympathique. Pour se colleter avec cet idiot de Marc, il faut du courage, et Djamil n'est pas plus haut que trois pommes.

– Marc est une sale brute! affirme Jean-Paul avec force.

Djamil regarde son camarade, surpris.

– Tu ne lui donnes pas raison?

– Je ne l'aime pas du tout!

– Ah bon!

C'est simple : Jean-Paul n'aime pas le grand Marc. Peut-être parce que celui-ci l'a battu un jour passé? Voilà une explication. Mais peut-être est-ce encore plus simple : il n'aime pas le grand Marc, parce qu'il est grand.

« Cela n'a pas de sens, mais on me reproche bien d'être Algérien! »

chapitre **7**

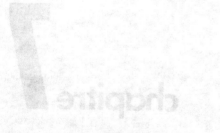

UNE SOIRÉE QUI FINIT MAL

Voici bientôt une semaine que Djamil est à l'école, les jours s'écoulent, et son univers ne lui semble pas plus cohérent. La classe est une minuscule brèche dans la carapace du village, mais si petite, que l'enfant ne peut entrer. Il n'est plus tout à fait dehors, il n'est pas dedans non plus. Djamil pourtant, opiniâtre, s'acharne à trouver une place dans le puzzle de ce nouveau monde. Pour pouvoir grandir, s'épanouir, devenir un homme, il lui faut avant tout sortir de cette position inconfortable d'enfant qui n'est pas dehors et qui n'est pas dedans.

Le soir, Ali arrose les plantes tout en bavardant avec son fils. C'est le meilleur moment de la journée.

— Ça marche bien l'école, Djamil?

— Ça marche!

— Il est gentil, le maître?

— Oui, mais...

– Quoi, il n'est pas gentil?

La voix d'Ali est montée, mi-agressive, mi-inquiète.

– Si. Pourtant, je n'aime pas beaucoup, par exemple, quand il explique : « Djamil s'est trompé; il a du retard, c'est normal. Il ne peut être au même niveau que nous! »... Alors dans la classe, les autres rient. Mais si Luce se trompe, il dit : « C'est faux, Luce », et puis c'est tout, personne ne se moque. Les problèmes, je les fais presque tous justes, et l'on dirait parfois que cela ne lui plaît pas. Il se met à crier sur les autres : « Petits bons à rien, fainéants! Vous n'avez pas honte que Djamil vous fasse la leçon? » Dans ce cas, les élèves me regardent méchamment, et je suis gêné, comme si j'avais mal agi!

Le visage du père se fige. Il comprend, ressent, tout comme si ces petits événements lui étaient arrivés à lui. La sensation n'est pas plaisante. Mais Ali est sage, il réfléchit un moment et affirme :

– Ce n'est pas grave, Djamil! N'y prête pas attention, continue à bien travailler, et ne t'occupe pas des autres... Moi, je n'ai pas été à l'école, quand j'étais petit; maintenant, je travaille beaucoup, et dur, et nous sommes pauvres. Toi, tu seras savant, tu auras une vie plus agréable. Peut-être que tu pourras devenir instituteur, ou bien pharmacien, ou même médecin!

– J'aimerais bien! dit Djamil d'un ton rêveur. Mais allons-nous toujours rester ici?

– Non. Nous sommes mal installés. Je trouverai une petite maison dans le village ou tout près, avec ce qu'il faut : l'eau au robinet, un vrai cabinet – pas un trou dehors comme ici... Un logement propre, que nous ferons joli.

– Oh, oui! Nous inviterons des amis et j'aurai un copain qui viendra parfois dormir à la maison!

– Et moi? Tu ne m'invites pas chez toi? Si tu m'invites le dimanche, je te ferai des beignets!

– Oh, Omar!

Omar rit de son rire de grand enfant. Djamil le tire par la manche de son chandail et dit :

– Viens, on va passer le permis de conduire!

Ils s'installent tous deux sur l'herbe, près du puits, dans les derniers rayons de soleil.

– Les panneaux, je les sais. Mais le difficile, c'est ce qui est écrit! soupire Omar.

Djamil ouvre le fascicule du code de la route et lit lentement. Omar répète derrière lui :

– En plus du frein à pied, je dispose du frein moteur et du frein à main.

Et il commente :

– C'est la voiture de mon cousin que je vais conduire : le moteur est vieux, il n'a plus de compression, donc pas de frein moteur. Le frein à main n'a jamais marché, donc pas de frein à main! Il reste le frein à pied..., de temps en temps!

Djamil pouffe, puis redevenu sérieux, s'exclame :

— Mais c'est dangereux!

— Que veux-tu! Voilà un mois que mon cousin l'a achetée. Le marchand lui a dit : « J'ai une voiture pour toi, elle marche bien et elle n'est pas chère ». Elle était bon marché, c'était vrai, et le moteur tournait... Alors, mon cousin l'a prise. Il aurait dû se méfier lorsque le bonhomme a ajouté : « Moi, je propose des prix intéressants. D'ailleurs, je travaille surtout avec des Algériens, des Marocains... »

— Pourquoi? demande Djamil.

— Parce qu'il vend des voitures dont personne ne veut plus, sauf nous! On n'y connaît pas grand-chose en mécanique!

— Quel bandit! s'écrie Djamil indigné.

Et la leçon continue :

— Quand il y a un feu rouge et un policier qui fait signe de passer, auquel obéis-tu? questionne Djamil.

— J'obéis au policier. Il met son bras comme ça : je m'arrête; il met son bras comme ça : je passe! répond gravement Omar en mimant les gestes d'un agent de la circulation.

Une demi-heure s'écoule ainsi, puis Djamil propose :

— On ne voit plus rien, si nous rentrions?

– Oui, cela suffit pour ce soir. Je vais répéter dans ma tête tout ce que tu m'as lu. Nous poursuivrons demain.

Les coudes sur la table, la tête dans les mains, les yeux clos, Djamil psalmodie sa leçon de géographie.

– La Loire : le plus long fleuve de France, 1 012 kilomètres... Où prend-elle donc sa source, déjà? Que tout cela est ennuyeux! Elle prend sa source au mont... au mont?

– Des gerbes de jonc! souffle Ali.

Djamil rit.

– C'est presque ça, papa : Gerbier-de-Jonc! Elle reçoit l'Allier..., reprend Djamil.

Hussein et Mouloud, de l'autre côté de la table, parlent à voix basse pour ne pas déranger l'enfant. Assis à côté de son fils, le visage un peu crispé par l'effort, Ali se concentre. Mais que fait donc Ali? Ali essaie d'apprendre, de retenir la leçon de Djamil pour pouvoir l'aider. Hélas! Tous ces mots incompréhensibles pour lui, font dans sa tête une malicieuse sarabande, se substituant les uns aux autres, insaisissables! Autant essayer d'attraper de l'eau avec une passoire. Pourtant, il est assez fier... Gerbes de jonc, c'était presque pareil! Avec les affluents, le malheureux perd pied. Les noms inconnus s'égrennent, et il soupire de soulagement lorsque le fleuve qu'il n'a jamais vu finit ses jours dans l'océan.

– Maintenant, la récitation, dit Djamil avec un gros soupir.

L'apprendre, cela n'est rien! Djamil aime bien les poèmes. Dans son douar natal, il les récitait même avec succès. Ici, ce n'est plus du tout pareil... Un véritable crève-cœur, toute la classe s'esclaffe. Le maître à son tour oublie sa gravité, et finit par s'écrier :

– Cesse Djamil, je t'en supplie! Tu la sais très bien, et je te mettrai une bonne note. Mais ta diction! Mon Dieu, ta diction! Il faut que tu l'améliores. Écoute-moi, c'est ainsi que tu dois dire...

Et le maître déclame avec le bel accent méridional, en détachant toutes les syllabes :

« Depuis l'enfance matelot, il livre au hasard sombre une rude bataille... » Djamil détache, aplatit, articule, chante, espérant n'être pas interrogé la prochaine fois.

Une casserole roule et tombe à terre dans un joyeux tintamarre. Distrait par ce bruit, Djamil lève la tête et sourit. Omar fait très bien la cuisine, mais avec lui les objets semblent pris de fantaisie, pour un rien ils lui échappent, s'entrechoquent, tombent avec fracas. Djamil lui est reconnaissant d'être ainsi. Rien ne doit se substituer aux gestes feutrés, efficaces, qu'avait Djéminha les soirs comme celui-ci. Cette vie d'avant est finie, il ne faut pas la confondre avec celle d'aujourd'hui.

Mais justement, ce soir qui est un soir

comme les autres, dans cette vie d'aujourd'hui, Djamil ressent tout à coup un certain confort. Ces hommes attentionnés lui tiennent lieu de famille; autour de la table, leur présence donne chaud. Omar, son permis de conduire, ses jeux, ses casseroles..., c'est le grand frère. Hussein et Mouloud eux, sont un peu vieux. Tout à fait comme des oncles : bienveillants, calmes et sages, ronchonnant parfois..., jamais sur l'enfant cependant, plutôt sur Omar. Et puis, il y a Ali, Ali qui est là tout près et qui protège. Djamil a donc sa famille, une drôle de famille, mais une famille tout de même. Et pour l'accueillir, une maison perchée dans la colline. Bien que ruinée, inconfortable, c'est un bon abri, un refuge contre les réactions souvent incompréhensibles du « dehors ». Le monde commence à tourner rond autour de l'enfant, dans cette cuisine où, depuis quelques jours, de grandes images très jolies et colorées, représentant des scènes religieuses, ont fait leur apparition sur les murs. Hussein les a mises là pour Djamil, les parois noires de fumée en sont tout égayées.

Djamil range ses livres et pose des assiettes sur la table. Le feu danse dans la cheminée, Omar apporte un plat fumant qui sent bon. Djamil hume et rit de se sentir tout à coup si bien. Mais son rire se fige...

Un brouhaha de voix hargneuses fait irruption dans la cuisine et, par la porte qui demeure ouverte, un vent froid disperse la fumée du beau repas préparé par Omar.

– Ce n'est rien, Djamil, ce sont les gendarmes! murmure doucement Ali en le prenant par les épaules.

Ils sont deux, dans leurs costumes sombres, avec leurs képis sur la tête. Le plus grand repousse les assiettes pour poser sa sacoche sur la table. Venant de la grange, on entend des chocs sourds d'objets déplacés.

– Alors ce vélomoteur, où est-il?

Le grand a posé la question d'une voix brutale. Il dévisage l'un après l'autre les Algériens, d'un air accusateur. Ceux-ci baissent les yeux, inquiets et mal à l'aise. Sous un regard pareil, on sent que l'on a tort; même si l'on ne sait pas de quoi, on a tort... Peut-être simplement d'exister!

– Quel vélomoteur? interroge timidement Hussein.

– Celui qui a été volé, pardi!

– Quand il y a un mauvais coup de fait, on sait de quel côté se tourner! ajoute sentencieusement le plus petit, qui s'approche à son tour du cercle de la lampe pour mieux les examiner. Son attention s'arrête sur Djamil.

– On n'a pas de vélomoteur! affirme Ali.

– C'est ce que nous allons voir! Et qui est ce gosse!

– Mon fils, dit Ali.

118

– Tu es en règle pour lui? Montre-nous tes papiers!

Le grand ajoute :

– Les autres aussi, je veux voir tous les papiers!

Les ouvriers partent dans les chambres chercher leur carte de séjour, au grand effroi de Djamil qui reste seul avec ces deux hommes, dont le visage et la voix expriment tant de colère.

Djamil est terrifié. Tout son corps tremble comme une herbe sous l'orage. Les envahisseurs reportent toute leur attention sur lui. Djamil sent qu'ils vont donner l'assaut, et pour tenir bon, puisqu'il demeure l'unique défenseur de la place, désespérément il se cramponne à la table. Deux nouveaux gendarmes font alors irruption dans la pièce, sans doute ceux qui fouillaient dans la grange.

– Il n'y a rien, chef!

– Bien, nous allons jeter un coup d'œil à l'intérieur, et puis on s'en ira...

– Tiens, ils ont un môme ici! Approche un peu, mon gars, que je te voie mieux.

L'un des nouveaux venus avise Djamil, un sourire avenant découvre ses grandes dents chevalines. Il est père de famille et comprend combien leur arrivée intempestive, vêtus de sombre, arme au côté, doit effrayer l'enfant.

« Je vais le rassurer, ce gosse » pense

l'homme, et il fait de sa lourde botte un grand pas vers Djamil.

A l'étage au-dessus, Ali rallume une fois de plus sa bougie. Il a dans sa hâte laissé la porte de la chambre ouverte et un courant d'air souffle à tout instant son lumignon. Enfin là, au fond de la valise, il se trouve le sac contenant les papiers.

– Alors, mon petit gars, viens ici que nous parlions tous les deux. Dis-moi, vas-tu à l'école?

Djamil ne bouge pas d'un pouce, et se contente de faire un geste affirmatif de la tête.

– Bon sang! Je te dis d'approcher!

Une grande main saisit fermement le bras de Djamil et le tire. Djamil résiste de toutes ses forces, s'accrochant de plus belle à la table.

– Vas-tu venir, petit idiot! s'entête l'homme.

Il plonge son regard dans ces prunelles d'enfant affolé, et il ne s'y voit plus comme le brave homme, bon père de famille qu'il est, mais bien comme un ogre ou tout autre être cruel et brutal peuplant les cauchemars enfantins. Cela le rend furieux, le gendarme, de se découvrir un tel objet de crainte, et il devient ogre tout à fait, bien que ses paroles le démentent. Sa main serre plus fort le bras de Djamil, et le secoue sans ménagement, son visage devient rouge et paraît plus gros tandis qu'il crie :

– Viens donc! Je ne vais pas te manger, enfin!

Djamil tremble plus fort et laisse échapper un cri étouffé. Ali, dans l'escalier, a entendu; il se presse davantage, oublie de baisser la tête en passant sous la poutre de fer qu'il connaît pourtant bien, et se heurte violemment le front. Il n'y prend pas garde.

« Pourquoi mon fils a-t-il crié, en bas? » Sa bougie s'est à nouveau éteinte, mais Omar et les autres arrivent derrière lui et l'éclairent.

– Il est idiot, ce gosse. Je n'allais pas le manger! répète encore le gendarme, tandis que Djamil, lui échappant, va se jeter dans les bras d'Ali.

– Ça va, Djamil? questionne Ali.

Djamil fait oui de la tête, puis éclate en sanglots parce que le front de son père saigne.

– Il est farouche, ton gamin! dit le plus grand, celui que les autres appellent le chef.

Il regarde rapidement les papiers, il semble tout à coup pressé de s'en aller.

La visite de l'intérieur est brève, les gendarmes doivent se rendre à l'évidence : il n'y a pas de vélomoteur caché. Alors ils repartent, et le plus petit lance en guise d'adieu :

– Et tenez-vous tranquilles!

Hussein referme la porte sur les envahisseurs, et la nuit les engloutit. On entend un moment vrombir leur machine, puis c'est de nouveau le calme.

Ali, inquiet, questionne Djamil dont les larmes semblent ne pas devoir tarir.

– Que t'ont-ils fait, Djamil? Pourquoi as-tu crié?

– Rien... Ils ne m'ont rien fait!

– Tu n'as pas crié pour rien, tout de même!

– Ils voulaient que je vienne près d'eux, que je leur parle...

– Et alors?

– Alors, moi, je ne voulais pas... J'avais peur et je les trouve méchants! Et puis, tu t'es fait mal au front, c'est à cause d'eux..., je les déteste! conclut Djamil dans un regain de pleurs.

Ali se met à rire, tout en serrant son fils dans ses bras.

– Mais ce n'est rien, ça! Juste une égratignure. Je me dépêchais et j'ai oublié la poutre dans l'escalier.

– Ils ne sont pas restés longtemps, cette fois-ci! remarque Mouloud.

En effet, il ne s'est pas passé un quart d'heure entre leur irruption et leur départ. Mais par la porte qu'ils ont tenue ouverte, le vent s'est engouffré, dispersant les cendres dans toute la pièce. Maintenant, il fait froid, le feu est presque éteint. Omar s'accroupit devant le foyer, et souffle de toutes ses forces sur les tisons. Il a un sourire satisfait lorsqu'une flamme toute frêle s'élève enfin. Il ajoute une brassée de brindilles qui flambent immédiatement en crépitant. Le feu est reparti. Omar ébouriffe les cheveux de Djamil.

– Il ne faut pas t'en faire comme ça, Djamil. Ils ne sont pas si méchants, ces gendarmes! On a l'habitude, tu sais... Ils viennent, puis ils repartent et c'est fini! Il y avait bien quinze jours que nous n'avions eu leur visite!

Et voilà, les événements sont remis à leur place, tout est dans l'ordre. Ali s'est simplement cogné à la poutre, comme il aurait pu le faire à tout autre moment, la venue des gendarmes est une chose coutumière, ils viennent, repartent, et puis c'est fini...

Pourtant Djamil ne se console pas encore. Des hommes ont pénétré dans la maison avec des paroles violentes et des visages de colère. Ils ont traité mal sa famille, avec grossièreté... Et puis son bel abri, son havre, sa joie naissante... Ils ont tout dévasté!

– Le dîner est froid, soupire Omar. Je vais le réchauffer.

chapitre 8

LA RÉVOLTE D'ALI

Le temps a passé. Il y a eu cette période de pluies torrentielles, durant laquelle le chemin n'était plus qu'un vaste bourbier. La camionnette s'est enlisée une fois, et il a fallu un tracteur pour la sortir de l'ornière. Après cela, tout le monde a été à pied, jusqu'à ce que le gel saisisse les vagues de boue.

Maintenant, la Saint-Sylvestre approche, et deux nuits consécutives il a neigé. Ali a posé sa paie sur un coin de la table et compte tout haut en s'aidant de ses doigts.

— Ce mois-ci, nous avons eu six jours de mauvais temps, c'est-à-dire six jours sans travail, donc six jours sans paie. Cela fait... cent soixante-huit francs de moins.

— Pourquoi six jours de paie en moins? interroge Djamil.

Le grave Hussein, plongé dans ses propres calculs, relève la tête et ouvre ses bras d'un geste fataliste pour répondre :

– C'est comme cela, on n'y peut rien! Quand il pleut, nous ne pouvons travailler dehors... Alors, le patron ne nous paie pas.

– C'est injuste! S'il fait mauvais pendant un mois, on ne mange pas pendant un mois?

– Non, on ne mange pas! Maintenant, tais-toi, petit, tu m'empêches de compter.

Ali regarde sombrement la mince liasse de billets qui constitue son gain. Bennière continue à lui octroyer le salaire du début; il n'a jamais accordé l'augmentation promise au-delà de la période d'essai.

« Il faut que j'obtienne davantage, pense Ali. Le mois dernier, j'ai acheté un blouson et un pantalon à Djamil, il a maintenant besoin de chaussures. Et j'ai à peine de quoi le nourrir! Demain, j'irai voir le patron. »

C'est sans grand espoir, Ali le sait. Il a déjà entrepris Bennière à ce sujet... « Il faut être raisonnable, Ali; n'oublie pas que lorsque je t'ai recueilli avec ton fils, tu ne savais que faire ni où aller! Souviens-t'en Ali, et ne te montre pas trop gourmand. » Ali sait par cœur ce petit discours dit d'un ton bonhomme. Il sait aussi qu'il connaît bien son métier, et qu'il est moins payé qu'un manœuvre. Que pas un dimanche ne s'est passé sans que le patron ne vînt lui donner une occupation :

« Tiens, Ali, mets donc de l'ordre dans la grange. Il y a des semis à préparer... De jeunes plants à changer de place... de la terre à retourner... »

En a-t-il accompli des heures de travail impayées, pendant ses jours de repos!

Omar, Mouloud et Hussein sont catégoriques : Ali ne devrait pas se laisser faire. Mais Ali a peur pour Djamil. L'enfant mène une vie régulière d'écolier, le soir il rentre à la maison, tout est presque normal. Ali veut avant tout préserver cette existence à son fils. L'idée de retrouver la même situation qu'à leur arrivée le remplit de terreur.

« J'irai le voir demain, pense Ali avec énergie. Il peut bien m'augmenter un peu. »

Le temps a passé. Inconscient des gelées qui le menacent encore, l'amandier fleurit.

– Il est fou cet amandier! dit Omar avec une affectueuse sollicitude. Nous sommes fin février, ça peut encore geler dur!

Puis il ajoute :

– Alors Ali, il t'a augmenté, le patron?

– Non. J'irai le voir demain! répond Ali sombrement.

– Il exagère, et je sais bien pourquoi! En hiver, il n'y a pas beaucoup de travail. Nous serions deux mois plus tard, il te paierait, moi je te le dis! Il aurait peur que tu partes t'embaucher ailleurs. Parce que, dès le mois d'avril, le travail ne manque pas, par ici!

Djamil s'assied sur un banc de la place et se pelotonne. Luce, qui sort de l'école après lui, le découvre et s'étonne :

– Tu as l'air d'être installé là pour la nuit!

– Mon père ne rentre qu'à sept heures ce soir... Alors, j'attends!

– Fait pas chaud, constate la fillette en sautillant d'un pied sur l'autre.

Puis, d'un ton décidé, elle dit :

– Viens à la maison, on fera nos devoirs ensemble et tu m'aideras pour le calcul.

Djamil la contemple, abasourdi.

– Vrai? Et tes parents?

– Ben quoi, mes parents! C'est pas la première fois que j'amène un copain à la maison. Allez, viens...

La mère de Luce, tournant le dos à la porte, se tient devant le fourneau. Luce entre, poussant Djamil devant elle. La cuisine est chaude et sent le chocolat. La grosse femme se retourne et les contemple, le sourcil froncé.

– Qu'est-ce que...

– On va faire nos devoirs ensemble. Son père ne viendra le chercher qu'à sept heures...

La mère bougonne quelque chose d'inintelligible et Djamil, pétrifié, n'ose faire un geste. Luce tire deux chaises de dessous la table, et bouscule le garçon en riant.

– Ne reste pas planté comme ça, viens t'asseoir à côté de moi.

La femme dépose un bol de chocolat

fumant devant Luce et, se tournant vers Djamil, questionne d'une voix peu engageante :

– As-tu faim?

– Non, madame, répond Djamil que la timidité enroue.

– Voyez-vous ça! C'est maigre comme un coucou et ça n'a pas faim! Chez moi, on mange, mon garçon!

Et Djamil se trouve attablé devant un grand bol et une montagne de tartines de confiture que la mère leur prépare.

– Djamil est premier en arithmétique, il va m'aider à faire un problème.

– Je vais vous nettoyer la table, dit la femme.

– Merci beaucoup, madame, murmure Djamil lorsqu'elle lui ôte son bol.

– De rien, mon petit.

Les grosses joues ont tremblé un sourire, les lèvres, avec quelques poils de moustache, s'arrondissent, plus douces, moins agressives.

Djamil passe deux heures délicieuses avec Luce, dans la cuisine paysanne. Lorsqu'il s'en va, il remercie encore la mère de Luce, son cœur déborde de reconnaissance. A peine la porte refermée, la mère constate :

– C'est pas un mauvais petit gars... et poli avec ça! Dommage qu'il soit élevé par ces bonshommes, là-haut.

– Son père a l'air très gentil! proteste Luce.

– A ton âge, on ne comprend pas ces choses-là. Mais moi, je te dis que ces Arabes, ce n'est pas du monde honnête! Il faut s'en méfier, c'est tout!

– Les autres peut-être, mais Djamil n'est pas comme ça!

– Le petit, je ne dis pas... Il n'est pas responsable, le pauvre. Mais plus tard, il sera bien comme les autres, va!

– En tout cas, en classe, il y en a un qui vole, et ce n'est pas Djamil! Quand il manque une règle ou un crayon, c'est dans le casier du gros Bernard qu'il faut chercher.

– Allons, cesse de raisonner. Je ne t'empêche pas de jouer avec lui, ni de l'amener à la maison!

Luce sourit. C'est venu ce soir, tout d'un coup, elle avait l'habitude de voir Djamil délaissé par tout le monde et son air triste ne lui procurait que de l'ennui, mêlé d'un peu de remords, ce qui n'est pas agréable. Aussi, Luce avait-elle tendance à fuir le petit garçon lorsque son visage devenait trop sérieux. Et puis, ses camarades n'en voulaient pas, et elle n'allait pas sacrifier tous ses amis pour rester avec le petit Arabe...

Mais, ce soir, en voyant Djamil seul sur le banc, Luce a eu le coeur si gros que c'était tout à fait insupportable. Au village, quand un enfant est tout seul, il va chez un voisin, ses amis l'invitent. Pourquoi pas Djamil?

– On a été drôlement moches! murmure-t-elle.

Elle se sent alors très contente de l'avoir amené.

« Demain, je lui dirai que, s'il le veut, il sera mon meilleur copain! »

Tôt, un dimanche matin. Le temps a passé...

– Allons, Djamil! Sois raisonnable! Je veux voir le patron, tout à l'heure... Je ne pourrai pas t'attendre indéfiniment!

Ali achève sa toilette, devant une cuvette de matière plastique, installé sous l'amandier. Pour tout vêtement, il ne porte qu'un short de bain et sautille sur place en frissonnant. Djamil, en slip, a trouvé refuge dans une flaque de soleil, à vingt mètres de là, hors de portée de son père.

– L'eau est trop froide! répète l'enfant obstinément.

Non loin de lui, Mouloud déroule en riant le long tuyau de caoutchouc, pour arroser les plantations. Là-haut, dans la colline, Omar monte vers la citerne en chantant, pour ouvrir la vanne. Par la fenêtre de la cuisine, Hussein brandit d'un air moqueur les habits de Djamil. De temps en temps, l'enfant rageur lui fait d'horribles grimaces et lui promet un implacable châtiment dans un proche avenir...

– Elle court! Elle arrive! crie Omar.

Ali vide sa cuvette dans un buisson. Djamil surveille chacun de ses gestes. Et soudain, il hurle! L'eau, l'eau glacée tombe sur lui en cascade, jaillissant du tuyau que Mouloud braque vers lui! Djamil s'enfuit en courant, mais le jet ne le lâche pas d'un pouce...

– Ça va, Mouloud! Ça suffit pour le moment! intervient Ali, hilare.

Cette fois, Djamil laisse approcher son père, vaincu. Ali le savonne de la tête aux pieds, avec des gestes vigoureux qui le réchauffent un peu. Puis il s'écarte. A nouveau, la douche. Tout en maudissant et menaçant ces traîtres laveurs, Djamil essaie de garder une bonne contenance, ne cherchant plus à échapper à cette pluie sauvage.

– Moi aussi, je t'arroserai, Mouloud! Mais quand tu porteras ta belle veste des dimanches!... Omar, ta cuisine, elle ne vaut rien! Elle ferait mourir un vieux chameau pelé!... Je te cacherai tout, Hussein! Je t'obligerai à descendre au village tout nu!

Djamil se tait bientôt, à bout de souffle. Presque aussitôt, le jet d'eau s'éloigne de lui. Ali le frictionne avec une petite serviette. Tout le monde rit aux larmes devant la mine farouche de ce Djamil tout propre.

– Cours vite t'habiller, maintenant, dit Ali en poussant l'enfant vers la maison.

Dix minutes plus tard, Djamil est fin prêt.

Il a revêtu le pantalon gris et la chemise de coton rouge, soigneusement repassés le matin même par son père, les chaussures noires, cirées par Hussein, la veste de tweed, un peu fripée par un trop long séjour dans la valise.

– Je t'achèterai une autre paire de chaussures, celles-là ne te vont plus, promet Ali tout en se peignant.

Le visage de Djamil, jusqu'alors un peu boudeur, s'éclaire.

– Vrai? Quand le feras-tu?

– Dès demain, si le patron m'augmente...

Omar entre dans la cuisine, un sac de toile sur le bras. Djamil détourne la tête pour ne pas le voir.

– Je vais descendre avec vous, je dois prendre des œufs au village, déclare Omar.

– Ah, c'est vrai! Tu nous fais des beignets, ce soir! révèle Ali avec un sourire entendu.

Pendant quelques secondes, un silence moqueur s'établit. Née des mots, il flotte brusquement dans la pièce une odeur de friture, de pâte et de sucre chaud... Tout le monde en a l'eau à la bouche. Enfin, Djamil risque d'une voix timide :

– Des beignets? Tu feras des beignets, ce soir?

– Oui, bien sûr... mais pas pour toi!

– Pourquoi je n'en aurais pas, de tes beignets?

– Parce que tu es un jeune chameau pelé, et

comme je t'aime bien, je ne voudrais pas te faire mourir!

Djamil s'empourpre, se tait. Omar et Ali échangent un clin d'oeil complice, puis Ali déclare en regardant sa montre :

– Il est temps de partir.

Dimanche, neuf heures. Ali, d'un pas décidé, descend la rue principale du village. Il va vers la grande maison rose et, tout bas, se répète ce qu'il va dire. Omar l'attend au café, Djamil joue avec Luce sur la place.

Bennière a un mouvement d'humeur en trouvant Ali à sa porte.

– Que veux-tu encore?

Ali, comme les autres fois, oublie sur-le-champ toutes les belles phrases raisonnables qu'il avait préparées. Il se passe la main dans les cheveux et bredouille :

– C'est pour les sous, tu ne m'en donnes pas assez.

– Et qu'est-ce qu'il te faut..., un salaire de ministre?

– Je veux quatre francs cinquante de l'heure, c'est le prix!

– Écoute-moi bien, Ali... Tu as tort de t'entêter. A cette époque de l'année, il n'y a pas beaucoup de travail, et je devrais licencier du personnel! Dans ce cas-là, c'est le dernier venu qui s'en va. C'est par bonté que je te garde, parce que tu as un gosse. Au lieu de réclamer tout le temps, tu devrais me remercier tous les jours! Enfin, si tu n'es pas content, tu peux toujours t'en aller, ce n'est pas moi qui te retiendrai!

– Ça va, ça va! dit Ali tristement en secouant la tête.

Il tourne les talons et s'en va, courbé.

– Patiente encore deux mois, à ce moment-là, il aura peur que tu t'en ailles! conseille Omar.

– A quoi me sert de patienter? Je peux à peine nourrir Djamil!

– On t'aidera!

– C'est un sale type, ce Bennière! S'il vient me dire de travailler aujourd'hui, je refuse!

– C'est juste, approuve Omar. Nous aussi, au début, il nous forçait à travailler le dimanche... Puis on a refusé, et il nous a laissés tranquilles!

Dimanche après-midi. Il fait un beau soleil, les ouvriers, aidés de Djamil, en ont profité pour aller ramasser du bois mort dans la colline. Ils l'ont mis en tas près de la porte de la grange et se sont assis au sol pour bavarder.

C'est le moment que Bennière choisit pour faire son inévitable visite dominicale. A son approche, les visages se sont fermés.

– Alors les gars, on se laisse vivre?

– C'est dimanche, on se repose, répond sentencieusement Omar.

– Quels veinards, tout de même! Une vie tranquille à la campagne, une vue que les Parisiens paieraient cher pour avoir, du soleil, pas de soucis... Allez, sans blague! J'aimerais bien être à votre place! Pas de traites à payer, de maisons à entretenir, et les impôts! Les contributions! Les assurances! La sécurité sociale!

Toutes ces calamités, c'est visible, laissent les Algériens indifférents. Bennière ne croise que des regards vagues, et il hausse les épaules.

– Allons, les gars, vous ne connaissez pas votre bonheur... Tiens, Ali, pendant que j'y pense... Il faudrait que tu enterres les petits lauriers roses et que tu tailles les rosiers qui restent... Demain, on aura autre chose à faire.

– Les heures supplémentaires, ça se paie!

– Quoi?

Bennière contemple Ali, la bouche ouverte de stupéfaction.

– Je dis que les heures supplémentaires, ça se paie, répète Ali avec un calme obstiné.

– Mais ce n'est pas du travail, ce sont des bricoles!

– Au moins trois heures de travail. Si tu me

paies en heures supplémentaires, je les fais...
Sinon, je me repose!

– Écoute, Ali, dans ta position, tu ferais
mieux d'être raisonnable!

Ali se dresse tout à coup, blême de fureur,
et éclate :

– Tu es un mauvais homme! Tu dis tout le
temps : « Ah, je suis bon, je te loge avec ton
fils... Ah! Je suis bon, je te rends service, je te
donne du travail! » Mais tu ne me paies pas,
et tu me fais travailler pour rien. Maintenant,
je ne veux plus.

Bennière recule précipitamment jusqu'à sa
voiture. Ce grand homme pâle de rage lui fait
peur tout à coup, ainsi que les noirs regards
qui le soutiennent. Une fois à l'abri de son
automobile, il aboie :

– Tu peux faire tes paquets et fiche le camp
avec ton gosse, demain je ne veux plus te voir!

chapitre **9**

LA BERGERIE

Le paysan tire une cigarette de sa poche et l'allume, sans quitter Ali et Omar des yeux. Il a l'air hésitant et embarrassé. Finalement, après une longue minute de réflexion, il décide :

– Moi, je n'y vois pas d'inconvénient, les gars. Le terrain appartient à des Lyonnais... J'entretiens seulement les oliviers. La bergerie est vide, il n'y a rien qui risque, vous pouvez vous y installer. Si je me souviens bien, il y a même une petite cheminée. Mais ce ne sera pas confortable pour un enfant! Ah, ça non!

– Cela vaut mieux que de coucher dehors! affirme Ali avec soulagement.

– Probable en tout cas qu'il vous faudra décamper aux beaux jours... Les propriétaires n'aimeraient pas voir des Arabes sur leur terrain. Enfin, jusque-là, vous pouvez y dormir... Moi, je n'y vois pas d'inconvénient.

– Oh, d'ici là, Ali aura trouvé du travail

dans le pays et un vrai logement, assure Omar.

Le paysan hoche la tête et reprend :

– Ma foi, je ne crois pas qu'il y ait énormément de travail par ici avant les beaux jours... Mais à condition de ne pas être paresseux, on doit pouvoir gagner sa vie.

– Alors, je peux coucher dans la bergerie avec le petit, c'est sûr?

– Du moment que ça ne me gêne pas, moi, je n'y vois pas d'inconvénient! Mais attention, hein! Tenez-vous bien! Il ne faudrait pas que le gosse se mette à courir et trafiquer partout. Je ne veux pas le voir grimper dans les oliviers, par exemple!

– Oui, oui, ne t'inquiète pas, je le surveillerai.

Ali s'interrompt une seconde, puis demande avec appréhension :

– Il y a les sous, aussi... C'est cher?

– Qu'est-ce qui est cher?

– Pour la chose... la bergerie.

– Qué la birgirie? répond le paysan contrefaisant l'accent d'Ali. Elle n'est pas à moi, que dirait-on au village si je te faisais payer pour une cahute qui n'est pas mienne? Si tu veux, pour les soucis que ça va m'occasionner, tu me donneras un coup de main dans les vignes, lorsque tu n'auras rien d'autre à faire.

– D'accord! Je viendrai samedi, promet Ali débordant de gratitude.

144

– C'est ça! Allez, au revoir les gars.

– Au revoir.

Les deux amis remontent vers le village au pas de course. Omar, haletant un peu, dit à son compagnon :

– Tu vois, c'est fait! Maintenant, il faut que j'arrive à la remise avant le patron... On se retrouvera tous à midi sur la place.

– Moi, je vais voir les maçons.

– Oui, à huit heures moins le quart, ils sont encore au café. Parle-leur, je sais qu'ils prennent parfois un manœuvre ou deux pour la journée.

– Je vais essayer.

Surplombant le village, l'olivaie s'étale sur trois terrasses. Quelques rayons perçant le plafond de nuages accrochent des éclats d'argent dans les feuillages. Tout en bas, après les derniers lacets et les ultimes maisons, on voit la route départementale noire qui tranche la terre rouge du vignoble. Le petit chemin qui les a menés là, se perd en méandres dans les bouquets de genêts épineux, puis d'un court raidillon, rattrape le village à hauteur de l'église. Djamil trouve ce paysage agréable, il est presque content. Mouloud et Hussein, essoufflés, déposent devant la porte la table et le grand volet de bois qu'ils ont trouvés à la décharge municipale. Un pied de la table est à demi arraché, mais Omar, qui pense toujours à tout, a apporté de vieilles pointes. Il va arranger ça très vite. Djamil regarde la bergerie, sa maison désormais. Elle est longue, très basse – à peine plus haute que le muret de la terrasse à laquelle elle s'adosse –, construite en pierres blanches soigneusement taillées, jolie. Le toit est de pierres plates aussi, et seules deux étroites meurtrières s'ouvrent dans la façade, de chaque côté de la porte.

Là-haut, plus haut encore, la grosse villa jaune des Lyonnais, trop jaune et trop grosse, pèse sur le coteau, toutes fenêtres closes; mais cela n'a pas d'importance, la vallée, le village, l'olivaie douce comme un verger, sollicitent davantage le regard.

– Viens m'aider, Djamil.

Ali appelle; les bras encombrés par la valise, un seau de plastique plein de vaisselle et le carton de victuailles. L'enfant dégage la porte que bloquent des cailloux. Les planches lessivées par les pluies, desséchées par le vent, sont devenues grises, avec entre elles des jours larges comme un doigt, et dans le bas les nombreuses morsures de la pourriture. Djamil tire à lui le panneau qui s'ouvre en grinçant.

L'intérieur est sombre. Ali et Hussein frôlent le toit de la tête. Les murs sont nus, noircis à mi-hauteur par la boue que devaient projeter les brebis piétinant autrefois le sol de terre battue.

– Ah, la cheminée!

Omar s'approche avec satisfaction du petit âtre bâti dans un angle, près de l'entrée : une hotte de métal rouillé qui chapeaute une simple dalle scellée dans la maçonnerie.

– Tu vois, Ali, le foyer est un peu surélevé..., ça chauffe mieux, tu sais! Nous allons installer la table devant. Ce sera plus pratique pour faire la cuisine, et vous n'aurez pas froid en mangeant.

– Je vais chercher du bois mort et je regarderai en même temps s'il y a de l'eau pas trop loin, dit Mouloud en sortant.

Une demi-heure plus tard, la bergerie est déjà transformée. Mouloud a trouvé un puits près de la villa et réuni trois gros fagots de bois. La table, lavée et réparée, se dresse à deux pas d'un beau feu clair ronflant dans la cheminée. Djamil, à l'aide de genêts, a débarrassé le sol des feuilles mortes et débris divers qui le souillaient. Omar et Ali achèvent d'installer le volet de bois au centre de la pièce, sur quatre vieilles briques. Ali en fera sa couche.

– Ce soir on vous descendra les couvertures et un lit pour Djamil, promet Hussein.

– Ce sera peut-être un peu tard, prévient Omar, il faudra que nous passions à travers bois avec le lit et tout. Par la route, le patron risquerait de nous voir...

– La maison est-elle loin d'ici? Je veux dire la vôtre, maintenant..., demande Djamil.

– Au-dessus de la villa, au sommet de la colline. D'ici, on ne peut pas la voir, mais c'est pourtant très proche. Il faudra que nous trouvions des caisses pour servir de sièges et des sacs en plastique pour boucher les fenêtres... Toi, Ali, pense à acheter des bougies...

Debout autour de la table, ils prennent rapidement un léger repas : quelques tomates, des filets de harengs, du pain. De temps à autre, l'un d'eux se penche pour puiser un gobelet d'eau dans le seau qu'un torchon propre protège des poussières.

– Il ne faut pas que je traîne, dit Ali, la dernière bouchée à peine avalée. Le maçon qui m'a engagé pour la journée m'a donné rendez-vous sur le chantier, et c'est à deux kilomètres.

– De toute façon, nous devons descendre aussi. Ton déménagement a été long!

Omar accompagne ces derniers mots d'un sourire moqueur. Ali, qui commence à reprendre courage, sourit à son tour. Rien n'est perdu puisqu'il a retrouvé un toit pour son fils, et même un peu d'ouvrage.

Ils quittent la bergerie en abandonnant les restes de leur déjeuner sur la table.

– Eh, papa! La porte!

Ali s'éloigne sur le sentier à longues enjambées. Il n'a pas entendu. Avec une moue réprobatrice, Djamil revient sur ses pas, referme l'huis et le condamne avec un lourd caillou.

Huit heures, le lendemain matin. La vallée entière est noyée dans le brouillard : un lac aux durs reflets aciérés d'où seul émerge le village, comme une île. Djamil a passé une mauvaise nuit. Ses yeux sont gonflés de sommeil, il est transi. Il traverse en courant la cour déserte de l'école, s'engouffre dans le couloir, entre en classe. Ouf! Les autres ont à peine sorti leurs affaires des cartables!

– Assieds-toi vite, Djamil! lui dit le Chouan.

Et son sourire n'a jamais été aussi gentil. Un vrai sourire que les yeux ne démentent pas. Les yeux! Djamil surpris les regarde à nouveau... ils sont doux, presque tristes.

« On dirait qu'il me plaint... »

Djamil s'installe, des regards pèsent sur lui, curieux ou moqueurs. Le maître marque la date au tableau. Bernard en profite pour planter sa règle entre les côtes de son voisin.

– Oui? chuchote Djamil.

– Tu sens la bique, clochard!

Djamil remarque tout : les regards, les gestes qui se font dans son dos... Les nouvelles vont vite, ils savent déjà! Un carré de papier, plié très serré, tombe sur son bureau. Djamil l'ouvre prudemment sur ses genoux, puis l'installe entre les pages de son livre d'histoire et lit :

Maintenant que tu habites presque au village, on va se voir plus souvent! Luce.

Ces quelques mots, tracés d'une grosse écriture qui ondule entre les lignes, sont suivis d'un dessin au crayon feutre rouge représentant un cochon, surtout reconnaissable à vrai dire, par sa queue en tire-bouchon. Une courte flèche renvoie à la légende : *Bernard*. Djamil gratifie Luce d'un clin d'œil complice et enfouit le billet dans sa poche.

Deux jours plus tard. C'est encore une matinée grise et froide qui s'annonce. Dans la pièce commune, le gros globe électrique est allumé. Luce hésite à sortir.

– J'ai promis à Djamil d'aller le chercher, aujourd'hui... Mais il fait si froid! dit-elle à sa mère.

– Tu ne devrais pas traîner sans cesse avec ce petit moricaud! Que veux-tu que l'on pense de toi à la longue?

– Qu'est-ce que ça veut dire, moricaud?

– C'est le nom que l'on donne aux nègres, aux Arabes, à tous ces gens-là, quoi!

– Je ne veux pas que l'on traite Djamil de moricaud.

– Tu ne changeras rien pour autant. Moricaud ou pas, il sera toujours Arabe.

– Mais qu'est-ce que cela fait? Ça m'est égal, à moi, qu'il soit Arabe!

– Tu es une enfant et tu ne connais rien. Les Arabes ne valent pas grand-chose : ils mentent, ils volent, on ne peut pas leur faire confiance!

– Tu as déjà été volée par un Arabe?

– Non, pas moi... mais c'est arrivé à d'autres.

– Qui?

– En voilà des manières! Tu mets les paroles de ta mère en doute, maintenant?

Pour toute réponse, Luce fond en larmes. La femme lui tourne le dos, puis au bout d'un moment s'attendrit et la prend dans ses bras.

– Allons, ne pleure plus.

Entêtée, Luce reprend entre deux sanglots :

– Tu connais quelqu'un qui a été volé?

– Non, personne, mais ce sont des choses que tout le monde sait! Je l'ai toujours entendu dire, et il ne se passe pas une semaine sans que l'on parle dans les journaux d'une malhonnêteté commise par un Arabe!

Lucie, la mère, s'interrompt, se recueille un instant, puis ajoute :

« Évidemment, on parle comme ça parce qu'on ne réfléchit pas... On s'emporte, et pour finir on dit des sottises! Veux-tu que je te dise la vérité? Les Arabes sont comme les autres : quelques-uns sont mauvais, quelques-uns sont bons, beaucoup ne sont ni bons ni mauvais, voilà tout!

Un timide sourire éclôt sur les lèvres de la fillette. Elle demande :

– Et les nôtres, Arabes... tu les trouves comment?

La brave femme s'empourpre, puis s'enfuit dans la cuisine en grognant. Luce la suit.

– Les nôtres? Eh bien! Ma foi, je les trouve plutôt bons... Mais il faut se méfier des apparences! concède enfin la mère qui s'exclame encore :

« Quand je pense que ce gosse est logé dans une espèce d'étable, mal nourri, quasiment à l'abandon!

Le soir de ce même jour, après la classe, Djamil est attablé chez Luce, devant un bol de chocolat fumant. C'est presque devenu une habitude. La mère lui dit :

– Mon mari arrache une vieille vigne, demain matin, il a besoin d'aide. Si cela intéresse ton père, dis-lui de venir de bonne heure. On le paiera normalement, nous autres, nous ne sommes pas des voleurs! En plus, je lui donnerai un litre de lait et des légumes du jardin.

– Oh! merci, madame!

– Ça va, ça va! Tiens, bonsoir Lucie!

La tante, grande et forte dame au visage rougeaud, paraissant toujours à bout de souffle, entre dans la pièce. Djamil donne un coup de coude discret à sa camarade. Cette femme ne l'aime guère et il en a peur.

– Il est toujours fourré ici, celui-là!

– Ils sont très amis tous les deux. Que veux-tu, Lucie, j'aime mieux les voir bien sages ensemble, qu'à courir les rues et faire les quatre cents coups avec les autres garnements.

– Quand même, Lucie, tu es trop bonne! Ce matin encore, la postière me disait : « Alors ça y est, votre petite Lucie a trouvé un bon parti? » Tu te rends compte?

– Ah, celle-là! Ne pourrait-elle faire autre chose qu'espionner les gens toute la journée, derrière sa fenêtre? Tu attaches trop d'importance aux commérages, ma pauvre Lucie.

– Le fils d'un clochard, Lucie! Et un Arabe, qui plus est!

– Tu vois, je te le disais bien : à trois Lucie on ne s'y retrouve plus! souffle Luce à l'oreille de Djamil.

– Mais qu'as-tu donc, Djamil, reprend-elle aussitôt, tu ne prends pas ces histoires au sérieux, au moins?

Les yeux du garçon sont remplis de larmes.

– Tante Lucie, tu fais du mal à Djamil!

Luce, rouge de fureur, tape du pied. La tante, surprise par cette brusque explosion, se tait un instant. Elle regarde les enfants d'un air un peu égaré, puis, confuse, s'empourpre à son tour. Sa gêne cependant est de courte durée.

– Si tu crois que tu ne me fais pas de mal, avec de pareilles fréquentations!

– Enfin, Lucie, tu fais pleurer ce petit! intervient la mère.

– Et c'est susceptible, avec ça! grommelle la tante sans désarmer.

C'est une histoire compliquée. La municipalité veut installer un collecteur d'eau souterrain, à travers la cour de l'école. A chaque pluie d'hiver, les enfants pataugent dans d'énormes flaques, attrapent des rhumes. Les parents protestent, bien sûr. Comme les cantonniers sont pris ailleurs, le maire a fait appel à un entrepreneur du village, lequel préfère s'occuper d'un chantier privé plus intéressant. Néanmoins, comme le maire c'est tout de même le maire, l'entrepreneur a embauché deux manœuvres à la tâche, pour creuser déjà la tranchée. On verra plus tard à envoyer un maçon.

Norbert, un paysan pauvre de la région, et

Ali l'Algérien, pellettent et piochent le bitume de la cour de récréation.

Ali est content. Dans le brouhaha qui, par moment, lui parvient, il y a la voix de Djamil, mais complètement mêlée aux autres, indiscernable. Djamil est là-dedans avec tous les enfants, il devient savant. Tout à l'heure, il sortira, et tous deux, main dans la main, ils remonteront vers la maison. Ali lève la tête. Le clocher lui cache une partie de la bergerie, mais il voit la porte et les oliviers. Il sourit.

– Dis donc! Ce n'est pas le moment de rêver! crie Norbert.

Ali acquiesce et se remet à piocher de plus belle. Il faut qu'ils finissent la tranchée avant midi, il le faut absolument. De cette façon, chacun touchera tout de suite les quinze francs promis et disposera librement de son après-midi. Norbert veut jeter un coup d'œil à son carré de vigne et Ali espère trouver encore une bricole à faire.

A dix heures, Ali un peu surpris, voit surgir les écoliers. Djamil court à lui et l'embrasse.

– Vous sortez déjà?

– C'est la récré... On peut jouer un moment.

Luce vient aussi lui dire bonjour et toute une bande d'enfants s'amasse autour des hommes, de chaque côté de la fouille. Norbert les connaît tous et entame la conversation, crânement appuyé sur le manche de sa pelle. Que fait-il? Et bien, il fait creuser Ali pour installer ceci et cela. Non, ce ne sera pas long, juste la matinée...

– Par exemple, il ne faudrait pas que celui-ci lambine trop! Alors, Ali! Tu vas travailler, oui? A midi, je veux que tu sois arrivé au bout!

Norbert prend les gosses à témoin.

– « Ceux-là, je vous jure, si on ne les surveille pas sans arrêt, ils ne font rien! »

– Tu n'es pas le chef, retorque Ali.

– Ti ni pas, ti ni pas! Je vais t'aider, moi! Apprends déjà à tenir ta pioche, vé! Tes bras sont trop raides, tu seras épuisé avant la fin.

Des éclats de rire couvrent le murmure de l'Algérien. Djamil devient tout pâle. « Voilà..., ça recommence! Ils ne cesseront donc jamais? »

Ali donne de grands coups de pioche rageurs et regarde son fils à la dérobée.

« Comme il semble malheureux! »

– Tu as été sage, ce matin? questionne-t-il en arabe.

Des couleurs reviennent sur les joues du garçon, mais il ne répond pas. Ali répète sa question avec agacement.

– Heu... oui, assez sage..., mais j'ai eu une mauvaise note en dictée, dit Djamil en français.

Ali interrompt sa besogne et dévisage son fils d'un air étonné.

– Je crois que le maître est quand même

content de moi. Je me trompe moins en écrivant, maintenant. Et toi? Ça va, aujourd'hui? Ton copain, là..., il est complètement bête, tu sais... Il fait le malin! Ah! Il faudra penser à acheter de l'huile tout à l'heure, il n'y en a plus à la maison. Tu as encore des sous? Après, nous rentrerons vite, on est plus tranquille chez soi! D'ailleurs...

Djamil n'arrête plus. Comme s'il retrouvait soudainement l'usage de sa langue maternelle après un long oubli, les yeux brillants, les mains tendues, il parle, il parle, grasseyant, haussant le ton jusqu'à rendre sa voix criarde. Ce fleuve de mots pourrait se tarir d'un coup, dans un pénible silence. Mais non, le père et le fils sont secoués enfin d'un fou rire irrépressible qui jette la stupeur dans la jeune assistance.

Ils étaient seuls, ils s'étaient perdus un instant, chacun dans un monde différent; ils se retrouvent, soulagés, libérés. Et puis, cette hilarité qui les a surpris comme un vertige se propage. Luce rit, Jean-Paul rit et tous les autres. Norbert reste de marbre, tout droit planté au bord de sa tranchée, sourcils froncés, vexé.

Le déjeuner tarde, ce qui met Francis de mauvaise humeur, car il est pressé. A sa

157

droite, il y a la table et les assiettes vides, au fond le téléviseur. Le visage grave d'un journaliste occupe l'écran; c'est l'heure des informations. Les enfants ont faim et se chamaillent près du poste, couvrant la voix. A sa gauche, par la porte vitrée qui donne de plain-pied sur la place, il voit sa camionnette jaune garée sous les platanes. Le gosse de l'Arabe, désœuvré, traîne alentour. « Pour lui, au moins, les repas sont vite pris! » pense Francis. Il commande à sa fille aînée :

– Monique, hausse le son, et tenez-vous un peu tranquilles, je n'entends rien!

Dehors, Djamil colle son visage aux vitres de la voiture et détaille le tableau de bord. Dans la maison, la voix du journaliste emplit la pièce un instant, puis la criaillerie des enfants augmente. Une odeur de friture s'échappe de la cuisine. Francis avale sa salive et essaie de concentrer son attention sur le commentaire. Des bouts de phrases lui parviennent :

« Entre le gouvernement algérien et les grandes compagnies pétrolières, on est au bord de la rupture... Le coût du pétrole saharien... »

– C'est pas encore fini, cette histoire? rage Francis. On leur a tout appris aux Arabes, et nous voilà bien récompensés, tiens! Si j'étais le gouvernement, je ne mettrais pas de gants, moi! Ah! Vous trouvez qu'on ne vous paie pas le pétrole assez cher! Allez, hop! On vous renvoie tous les fainéants qui nous encombrent ici! Plus d'Algériens en France!

« Dans l'état actuel des choses, la conclusion d'un accord ne semble pas possible... D'autre part, la situation des travailleurs immigrés risque... »

– Ah! Quand même! Je me disais aussi...

Le petit Hubert s'approche de la table et se met à jouer avec la salière, cachant l'écran à demi. Francis devient plus nerveux. Son impatience, les problèmes de son affaire de plomberie-sanitaire, son rendez-vous important, tout à l'heure, le prix de l'essence, le pétrole algérien, les enfants insupportables, tout cela finit par former dans son esprit un mélange explosif. Il regarde sur la place, voit Djamil en contemplation devant les mystères intérieurs de son automobile, assis sur le capot, le nez écrasé sur le pare-brise.

– Bon sang de bonsoir! s'écrie-t-il en se précipitant dehors.

Il arrive, au comble de l'irritation, sur l'enfant, l'arrache de la voiture en le tirant par le bras.

– Tu n'as pas autre chose à faire, toi? Ah! On vient nous empoisonner la vie jusqu'ici! Bande de propres à rien!

Francis déverse un torrent d'invectives, sourd aux cris affolés de Djamil qu'il secoue sans ménagement. Il le lâche enfin. Djamil tourne vers lui un visage noyé de larmes où se lit une incompréhension complète. La colère de Francis tombe d'un coup.

– Ah, ben! Ben..., alors...

Il frotte sa main droite sur son pantalon d'un air embarrassé, détourne les yeux.

– Je ne veux pas te voir jouer autour de ma voiture, tu vas rayer la peinture et la salir, dit-il enfin sans conviction.

Sur le pas de la porte, Monique et le petit Hubert, décontenancés, regardent la scène. Une voix de femme appelle :

– Francis, les enfants! Venez manger, c'est prêt!

Aline franchit un dernier rideau de broussailles, et retrouve la sente avec soulagement. Un jeune mistral s'est levé sur la forêt, des pins malades craquent et se lamentent, tout bruit. La marche dans le sous-bois abrupt était pénible, avec ce sac de pommes de pin sur l'épaule. Léger, mais volumineux, il s'accrochait partout. L'ouest est rouge, la campagne s'accroupit dans l'ombre. Au village, une lampe s'allume, puis deux, puis trois. Derrière la jeune femme, une pierre roule, elle sursaute.

Des voix..., elle s'inquiète. Des voix étrangères..., elle se retourne. Les Arabes de la colline et de l'olivaie, bien sûr! Elle frissonne.

160

Aline a peur. On raconte tant de choses sur leur compte! L'autre soir, il paraît que le grand maigre a menacé Francis, le plombier; simplement parce que celui-ci avait grondé son fils qui tripotait une voiture! Un tel homme doit être capable de tous les méfaits!

Omar est de joyeuse humeur, Ali point trop sombre. Ils voient Aline et son fardeau impressionnant.

– Attends, madame, je vais te le porter! dit Omar en écorchant chaque mot.

Il marche vers elle, bras tendus.

Aline pousse un grand cri, lâche sa charge qui roule à terre et dévale le chemin vers le village.

Omar éclate de rire. Ali veut rassurer la femme et court derrière elle en l'appelant. Les cris redoublent, Ali abandonne et attend Omar qui le rejoint avec le sac.

Cette histoire les oblige à descendre jusqu'au bourg, où il ne faut pas moins de quarante minutes de laborieux palabres et commentaires, pour convaincre mari, amis et voisinages de leurs bonnes intentions.

Plus tard, à la vieille bastide, Omar raconte l'incident avec indignation.

– On n'y peut rien, mon frère, répond Hussein en levant les bras au ciel. Il y a parfois de méchants Arabes qui attaquent et violentent les femmes... Alors, les gens se méfient de nous!

– Et quoi! éclate Omar, il y a beaucoup de voyous français qui font cela tous les jours, il suffit d'écouter la radio pour le savoir! Est-ce que je m'enfuis en criant quand je rencontre un Français? Si un Français est un bandit, je ne dis pas que tous les Français le sont!

La journée a été belle. Marinette, tout l'après-midi, a cousu à sa fenêtre. C'est fini, maintenant; l'ombre et le froid ont envahi brusquement le petit appartement. Elle tisonne son fourneau et allume l'électricité. Le repas est prêt, la table dressée, son homme peut rentrer.

« Belle journée, c'était une belle journée! En cette saison, ça fait plaisir », pense Marinette.

Tout ce soleil dans sa vie un peu monotone, un peu terne! Elle soupire. « Demain sera peut-être un mauvais jour, on ne peut être sûr de rien en cette saison! »

Marinette s'approche de la fenêtre, écarte les rideaux, scrute la bande de ciel entre les toits : un morceau de nuit insondable. Il y a peut-être des étoiles, mais avec la lumière à l'intérieur on ne peut se rendre compte. Marinette baisse le regard vers la rue. Tout est sombre. L'épicière descend son rideau de fer. « Voilà le grand Loulou qui revient du café..., il titube comme d'habitude! Si c'était moi sa femme, il entendrait quelque chose! » Une porte se referme, étouffant des éclats de voix. « Tiens, l'Arabe qui sort de l'épicerie par le couloir... »

Une silhouette maigre et voûtée se découpe un instant sur le mur clair de la maison d'en face. Marinette ne peut distinguer son visage ni voir distinctement ses vêtements, mais il n'y a que l'Algérien pour avoir cette allure, au village. Marinette hausse les épaules et retourne à ses affaires. Allons, c'est une belle journée de finie!

chapitre **10**

LA FIN D'UN RÊVE

– Tu m'accompagnes?

Djamil ramène Luce jusque chez elle. Mais, à midi, il ne traîne pas. C'est lui qui allume du feu et réchauffe les reliefs du repas de la veille, pour faire gagner du temps à son père.

– Demain, on va bien s'amuser : maman va en ville toute la journée, donc elle ne saura rien... On passera l'après-midi chez toi à te faire une belle maison! Je trouverai certainement au grenier des tas de choses qui ne nous servent plus. Et puis, j'amènerai le goûter...

Djamil court, ravi, vers la bergerie; demain sera une journée formidable. Mais que se passe-t-il, là-bas, au bout du sentier? Djamil s'arrête, interdit. Une quinzaine de personnes sont rassemblées devant la porte ouverte, et gesticulent. Des éclats de voix furieux lui parviennent.

– Ils nous l'ont pourtant prêtée, la bergerie! Est-ce qu'ils veulent nous mettre dehors, maintenant? murmure Djamil qui n'ose plus avancer.

Une main se pose sur son épaule et il sursaute...

– Que se passe-t-il, Djamil?

C'est Ali qui rentre du travail un peu plus tôt.

– Je ne sais pas... Ils ont l'air fâchés!

– Allons voir.

Des cris furieux, incompréhensibles, les accueillent. L'épicière glapit :

– Où as-tu mis mon argent? Parle, sale voleur!

– Si ce n'est pas une honte! Voler une vieille femme seule! crie un gros homme.

– Quel argent? balbutie Ali effaré.

Djamil se cramponne à la main de son père, son regard va de l'un à l'autre, sans comprendre; il ne rencontre que des visages en colère.

– On t'a vu, sale Arabe, et tu vas le payer cher! lance le père du gros Bernard.

– Mais enfin, je n'ai rien fait!

– Non mais, vous l'entendez? Il n'a rien fait! Il vole les économies d'une pauvre vieille et il n'a rien fait!

– Vas-tu rendre l'argent, crapule, avant que l'on te fasse passer l'envie de recommencer!

– Rentre dans la maison, si tu ne me crois pas, et regarde. Je n'ai rien pris.

– On l'a déjà fouillée, ta baraque, mais tu es malin... Où l'as-tu caché?

– Je n'ai rien caché, je te jure!

– Chtijure, chtijure..., raille l'homme qui ajoute :

« Eh, les gars! Puisqu'il n'a rien dans sa baraque, peut-être bien que c'est sur lui!

– Oui! Fouillez-le! crient plusieurs voix.

Quelques hommes se précipitent sur Ali, le tiraillent en tous sens, déchirant sa veste et sa chemise.

Djamil se met alors à hurler :

– Touchez pas à mon père, méchants! Touchez pas à mon père!

Personne ne saura qui l'a donné le premier, mais un coup de poing part vers la joue d'Ali et d'autres suivent immédiatement. Djamil crie et donne des coups de pieds, ce qui lui vaut une volée de gifles. Ses oreilles sonnent. Une femme intervient :

– Vous n'allez pas battre le gosse, tout de même!

Une autre s'éloigne, un peu honteuse, en criant :

– Je vais chercher les gendarmes. Après tout, ce n'est pas notre affaire!

Mais les gendarmes, alertés, arrivent déjà. Tout le monde s'écarte vivement. Les vêtements d'Ali sont en pièces, son visage est tuméfié, sa lèvre supérieure, fendue, saigne. Djamil lui serre les jambes entre ses bras et sanglote éperdument; une bosse enfle sur le front de l'enfant, et sa joue est marquée de cinq doigts violacés.

— Qu'est-ce qu'il vous prend? tonne le chef des gendarmes.

— C'est lui le voleur! crie l'épicière.

— Qu'il rende l'argent!

— Je te jure, chef, j'ai rien pris! Dis-leur de me laisser tranquille... Fouille ma maison, tu verras, chef, j'ai rien pris!

Le chef des gendarmes passe la tête dans la bergerie et fait entendre un sifflement...

— Eh bien! Ils ont fait du joli, là-dedans!

Le maigre ameublement n'a pas résisté à la colère des villageois. A part le lit de fer de Djamil, la table, la couche d'Ali, le peu de vaisselle, tout est brisé, piétiné.

— Sûr que c'est lui, il n'y avait pas de vol avant qu'il ne s'installe au village!

— Si vous ne l'arrêtez pas, nous, nous saurons bien nous y prendre pour le faire avouer! lance une voix hargneuse.

Et l'épicière ajoute :

— La Marinette, qui a aperçu le voleur, a dit que c'était un homme long, maigre, qui se tenait voûté. Regardez donc, vous l'avez devant les yeux!

— Nous, dans le pays, on n'est pas des grands crève-la-faim!

— Du calme! ordonne le brigadier. On va l'interroger, bien sûr, mais la police c'est notre affaire et pas la vôtre!

– C'est ça, arrêtez-le!

– En attendant, qui va s'occuper du gosse?

Un lourd silence suit la question du brigadier.

– J'ai mes amis, là-haut..., mais il faudrait les prévenir! dit Ali d'un ton de supplication. Tu vas pas laisser mon fils tout seul, dis chef, il est petit!

– Tout de même, dit un gendarme, il y a certainement quelqu'un qui peut le prendre, ça ne va pas durer des jours, cette histoire. Ou bien l'Arabe est innocent et on le relâchera au plus tard demain, ou bien on préviendra une assistante sociale!

Une femme grise et sèche finit par annoncer d'un ton contraint :

– Je veux bien le prendre si ça ne dure pas... Mais c'est qu'il doit être plein de vermine!

– Interroge-moi ici, propose Ali. Comme ça, je peux rester près de lui!

– Allez, ça va, suis-nous sans faire d'histoires ou gare...

– Papa! crie Djamil qui veut s'élancer derrière eux.

Mais les villageois le retiennent, et il a beau se débattre comme un fou, il ne parvient pas à leur échapper.

– Voyez-vous ce petit teigneux! Il m'a donné un coup de pied! s'exclame la femme grise et sèche.

171

– Va-t'en, méchante femme! Va-t'en! Je ne veux pas te voir! hurle Djamil hors de lui.

Les autres déjà s'éloignent, penauds tout à coup de n'avoir plus comme objet de leur courroux qu'un très petit garçon.

– Va-t'en! Je n'irai pas chez toi!

– Eh bien, reste dans ton étable, mon garçon. Ce n'est pas moi qui vais pleurer pour t'avoir!

La horde, tout à l'heure hurlante, s'est éloignée en silence, et Djamil reste sanglotant à contempler sa maisonnette dévastée.

L'affaire se répand dans le village comme une traînée de poudre. De retour chez eux, les agresseurs d'Ali se rengorgent hautement : ils ont pallié les insuffisances de la maréchaussée, corrigé et fait prendre le coupable.

L'histoire se déforme tant et si bien, qu'au bout d'une heure, tout le monde croit ferme que le produit de nombreux vols a été découvert dans la bergerie.

Luce, effondrée, apprend tout cela de la bouche de sa mère, à la fin du déjeuner. Au terme de son récit, celle-ci exhale son ressentiment :

– Tu vois où tu nous mènes, avec tes belles fréquentations! Nous avons aidé ce voleur et accueilli son fils qui sera bien pareil! Un petit sauvage qui s'est battu comme un fauve; on dit qu'il ira en maison de redressement pendant que son père sera en prison... Ah, ces Arabes, tous des vauriens! Et nous, à présent, de quoi avons-nous l'air?

Luce se tait, Luce ne dit plus rien. Les événements la dépassent, la tâche de défendre Djamil contre tous aussi. Elle est seulement triste, avec l'impresssion d'avoir été trompée par tout le monde. Trompeur, le timide sourire d'Ali. Trompeuse, l'amitié de Djamil; trompeurs, ses parents qui ne lui ont pas évité cette déception... Les bras maternels réussissent à peine à consoler ce gros chagrin.

A une heure et demie de l'après-midi, elle entre en classe avec des yeux gonflés et rouges. Des ricanements l'accueillent, et la place vide de Djamil semble occuper toute la classe.

— Djamil n'est pas là? questionne le maître.

Comment? Le Chouan n'est pas au courant? Les enfants ouvrent de grands yeux devant tant d'ignorance, et des phrases excitées, désordonnées, fusent de toute part. Le maître fronce les sourcils et les fait taire.

— Qu'est-ce que c'est que cette histoire? Vous criez tous en même temps, et je ne comprends rien! Parle, Bernard.

Bernard, ravi, s'exécute, et le maître apprend tout : comment le voleur de l'épicière a été reconnu par la Marinette, lorsqu'il est passé devant sa fenêtre; comment les villageois ont fait avouer Ali, et comment ils ont, en fouillant la bergerie, trouvé des tas d'objets volés et plein d'argent caché.

– Lorsque les gendarmes sont arrivés, conclut Bernard, il ne leur restait plus qu'à emmener le voleur, vu que les gens du pays avaient déjà tout fait!

– Je ne t'ai pas demandé de me rapporter d'invraisemblables commérages! Où est Djamil, dans cette histoire de fous?

– Mais c'est vrai, monsieur! Les·gendarmes ont emmené le père, ils ont laissé Djamil parce qu'il va être mis en maison de redressement, vu que c'est bien la même engeance!

– Tais-toi! Tu n'es qu'un sot et un méchant!

La voix du Chouan a éclaté, sèche, dure.

– Et toi, Luce... Djamil était ton ami, n'as-tu pas été le voir, lorsque tu as su ce qui s'était passé?

Luce devient très rouge. Voici qu'est arrivé ce qu'elle redoutait le plus : que le maître fasse allusion à sa regrettable amitié pour Djamil.

– Oh, non, monsieur! Je ne parlerai plus jamais à ces Arabes qui volent tout le monde.

– Alors, toi aussi! dit le Chouan, puis il ajoute :

« Voyez-vous, mes enfants, quand bien même Ali serait coupable du vol, ce qui ne me semble pas du tout prouvé, Djamil n'en est pas responsable pour autant, et tout le monde devrait, au contraire, se montrer plus gentil

174

avec lui, parce qu'il doit être très malheureux. Maintenant, prenez vos livres et que je ne vous entende plus!

A quatre heures et demie, après un bref conciliabule avec sa femme, le maître s'éloigne à grands pas de l'école. Luce l'aperçoit et, subrepticement, le suit.

L'instituteur repousse le battant de bois; la bergerie est plongée dans l'obscurité, et il butte sur un objet. Il sort alors de sa poche une bougie, puis une autre, les allume, en dépose une sur le rebord de l'âtre, garde l'autre à la main.

— Les sauvages! s'exclame-t-il en découvrant le saccage.

Accroupi au sol, dans un coin, près de son lit renversé, Djamil le regarde d'un air traqué. Sa joue est marquée, la bosse de son front paraît énorme.

— N'aie pas peur, mon petit. Tu n'as rien à craindre de moi!

Le maître s'assied à terre, et attire Djamil à lui. L'enfant, tendu, semble prêt à bondir. Le maître l'entoure de ses bras, et doucement, précautionneusement, le berce contre sa poitrine. Alors viennent les larmes qui détendent et soulagent.

— Là, là! Mon enfant! Tu peux pleurer près de moi, je suis ton ami.

Lorsque la grosse crise est passée, le maître dit :

– Maintenant, tu vas me raconter les faits tels qu'ils se sont passés, sans rien oublier. Tiens, prends mon mouchoir.

Djamil raconte, blotti dans les bras consolateurs, d'une drôle de petite voix cassée. A plusieurs reprises, le maître entend renifler derrière la porte. Quelqu'un écoute, c'est certain. Puis il y a le bruit d'une course furtive qui décroît rapidement, comme Djamil, à la fin de son récit, se remet à pleurer. Le maître le garde un long moment contre lui, puis il se dresse et l'aide à se remettre sur pied.

– Viens, petit. J'irai voir ton père à la gendarmerie, pour lui dire de nous rejoindre à l'école, si les gendarmes le libèrent ce soir. Dans les jours qui viennent, nous nous occuperons de ta maison.

Djamil, épuisé, prend la main qui lui est tendue.

Là-bas, sur le sentier, Luce et sa mère sont immobiles, et semblent les attendre.

– Donnez-le-moi, monsieur Fayol, on s'occupera bien de lui, allez! Sinon, je crois que ma Lucie va en être malade! dit la femme.

Puis elle se penche, apitoyée, vers Djamil :

« Si ce n'est pas une honte! Il faut être sans cœur pour maltraiter ainsi un enfant...

– La bosse, ce n'est rien, il aurait pu se la faire en jouant! Le vrai mal ne se voit pas, et il est bien plus grave..., répond le maître qui demande ensuite à Djamil :

« Veux-tu aller avec la maman de Luce, Djamil?

L'enfant les regarde l'un et l'autre, indécis. Mais Luce, des larmes dans la voix, insiste :

– Viens avec nous, Djamil, viens!

Le maître réfléchit un instant, puis reprend :

– Je crois que c'est en effet la meilleure solution pour toi, mon petit. Avec Luce, tu te sentiras certainement plus à l'aise. Va, moi je m'occupe de rassurer ton père, et si je peux, dans la soirée, je passerai te donner de ses nouvelles.

Dans la chaude cuisine, Lucie s'affaire. Doucement, elle a lavé le visage de Djamil, posé de l'arnica sur la bosse et des compresses glacées sur ses joues. La brave femme ne ronchonne plus du tout. Tout à l'heure, lorsque sa fille est venue en larmes lui rapporter le récit de Djamil, elle a accepté de prendre celui-ci chez elle avec une certaine réticence, et plus pour calmer Luce que par élan personnel. Mais, maintenant, ce petit visage grave, empreint d'une tristesse profonde, la navre. Elle pense que l'instituteur a bien raison en parlant des blessures qui ne se voient pas.

– Bonsoir, brigadier. Puis-je voir Ali? J'aimerais le rassurer au sujet de son fils.

– Entrez, monsieur Fayol. Vous pouvez le voir, il est là-haut dans le bureau.

– Serait-il l'auteur du vol?

– Eh non! Ce n'est pas lui! Pensez si on a enquêté de son côté! C'est le sixième vol qui se commet dans la région en trois jours... Cet homme-là ne peut pas être à la fois dans la cour de l'école, en train de piocher, et à dix kilomètres d'ici pour voler le boucher de X... Mais, allez faire entendre raison à tous ces excités! Ils l'auraient mis à mal, vous savez!

L'instituteur hoche la tête.

– J'ai vu l'état de la bergerie.

– Et le petit, qui s'en occupe? J'allais justement vérifier si madame Castaing l'avait bien pris chez elle.

– Pensez-vous! Je viens d'aller le chercher, il était toujours là-bas. Madame Magne s'en est chargée, c'est une brave femme.

La petite pièce est chaude. Ali est assis sur une chaise devant la table qui sert de bureau. Un grand bol de café et un sandwich sont posés devant lui, mais il n'y a pas touché. Il lève le visage vers son visiteur. L'instituteur baisse les yeux, honteux pour le village, pour lui-même... M. Fayol est un homme de bonne volonté; cependant, lorsqu'il s'adresse à l'Algérien, c'est le tutoiement qui lui vient naturellement aux lèvres.

– Je voulais prendre Djamil avec moi, mais les Magne l'ont réclamé... Il est chez eux en ce moment, de ce côté-là, tu peux être tranquille.

Au nom de Djamil, le regard d'Ali est devenu brillant. Il dit :

– Merci.

– Les gendarmes battent la région. Le vrai voleur sera vite pris, et tu ne seras plus inquiété!

Ali fait un vague geste de la main, cela ne l'intéresse visiblement pas. L'instituteur se mord les lèvres, confus.

« Je viens lui parler du coupable du vol comme si cela était le plus important, alors qu'il souffre de l'injustice qui lui a été faite! » Cette dignité un peu altière le surprend un instant, et sans même s'en rendre compte, il reprend tout haut, en vouvoyant le prisonnier :

« Nous avons été injustes, nous vous avons fait du mal. Nous allons essayer de vous le faire oublier!

Ali hoche la tête d'un air de doute.

– Toi, tu es gentil, tu dis ça... Mais les autres disent : « Sale Arabe! » Tu ne peux pas le changer.

– Si! Je leur expliquerai, et ils regretteront!

Deux gendarmes, qui amènent un lit de camp, interrompent la conversation.

– Ne pourrais-je l'emmener dormir chez moi? propose l'instituteur.

– Il ne vaut mieux pas, monsieur Fayol. Ces énervés seraient capables de recommencer, s'ils le voyaient traverser librement le village... On va lui monter à dîner, il sera mieux installé que dans sa bergerie, allez!

– Bonsoir, et surtout ne t'en fais pas pour Djamil! recommande une dernière fois le maître d'école en partant.

Ce soir-là, Bennière a ramené les ouvriers à la vieille bastide sans faire de halte au village; aussi Mouloud, Omar et Hussein n'ont rien su du drame qui s'y est déroulé. Omar regrette bien de n'avoir pas vu Ali, il a des nouvelles du pays, de bonnes nouvelles, et il est impatient de lui en faire part. Les autres ne sont pas intéressés, mais peut-être qu'Ali le sera?

« J'irai le voir demain! » décide Omar.

Ali se réveille tôt. Il plie le lit de camp et la couverture, puis va s'asseoir sur une chaise, devant la table, et attend. Quelque part, dans le bâtiment, le téléphone sonne à plusieurs reprises. Vers huit heures, un gendarme entre dans le petit bureau et le regarde avec surprise. Il semble en effet que Ali n'a pas bougé de place, figé dans la même attitude que la veille.

– Tu ne t'es pas couché?

– Si. Je n'ai pas dormi longtemps...

– J'ai une bonne nouvelle pour toi : le voleur a été pris ce matin, au moment où il tentait un autre mauvais coup... Il a tout avoué, tu peux partir maintenant. Tout le pays est au courant, et personne ne t'ennuiera.

– Bon, je m'en vais, dit Ali.

Et il se lève.

Dans la rue, quelques personnes rencontrées, détournent le visage. Il ne croise pas un regard. Ali est honteux de l'état lamentable de ses vêtements, par les multiples déchirures, le froid pénètre jusqu'à sa peau, et le fait frissonner. Timidement, il va frapper à la porte des Magne.

Lucie lui ouvre.

– Entre vite, j'ai froid rien qu'à te voir!

– Je ne veux pas t'ennuyer, je viens dire merci et prendre Djamil.

Le père Magne, attablé dans la cuisine, lui fait signe d'avancer.

– Viens boire le café avec moi, il ne fait pas chaud, ce matin.

Comme Ali hésite encore à avancer, Lucie le pousse aux épaules.

– Assieds-toi! Pour le gamin, on te l'enverra

plus tard, toutes ces émotions l'ont secoué et il dort, ma Lucie aussi. Ils manqueront l'école aujourd'hui, et voilà tout!

Le père Magne dévisage Ali un moment, puis secoue la tête.

— Je n'aurais jamais cru que les gars d'ici soient si brutaux! Enfin, s'il te faut quelque chose, pour toi ou le petit, viens me voir...

— Sûr qu'il va avoir besoin d'aide, coupe Lucie. Ils lui ont tout démoli dans sa bergerie!

— Je n'ai besoin de rien, ça ira très bien! dit Ali en se levant.

Puis il ajoute, en se dirigeant vers la porte :

« Vous avez été bons pour mon fils, merci... Et merci aussi pour le café. »

Les deux paysans le regardent sortir, interdits.

— Faut pas qu'il soit fier comme cela, bougonne le père Magne, c'est de grand cœur que je lui offre!

— Si tu veux mon avis, répond Lucie, cet homme-là a reçu un choc; pour lui aussi, les pires coups ne sont pas ceux qui se voient... En attendant, dans le grenier, il y a de quoi meubler quatre bergeries!

— Je vais y aller voir.

Omar a mal dormi cette nuit-là, et lorsque point le jour, sa décision est prise. Il prévient ses compagnons, et quand Bennière arrive avec la camionnette, il lui dit :

– J'ai reçu une lettre de chez moi, il faut que je parte aujourd'hui!

– Eh là! Mais cela ne m'arrange pas du tout! Je vais manquer d'ouvriers!

– Ça, je regrette, dit Omar d'un air riant qui ne regrette rien du tout, mais je dois partir.

– Bon! Mais je ne peux pas te payer maintenant, il faut que tu attendes midi... Vous autres, vous n'aurez qu'à dire à Ali que j'ai pitié de lui et que je veux bien le reprendre, s'il se montre raisonnable! Avec toutes les histoires qu'il a eues, il ne fera pas le difficile...

– Quelles histoires? demande Omar.

– Oh, des histoires! Avez-vous compris, Mouloud, Hussein?

– Si tu le prends, c'est que tu as besoin de monde parce que Omar s'en va... Alors, tu dois le payer comme Omar!

– Ces affaires-là ne te regardent pas, Mouloud... Qu'il vienne me voir et on s'arrangera!

Omar fait un signe d'adieu à ses compagnons, tandis que la camionnette s'éloigne cahotante sur le chemin. Sa valise est vite faite. Sans un regard en arrière, il quitte la vieille bastide et s'en va d'un pas allègre.

Posté au milieu de sa bergerie dévastée, Ali n'a pas entendu venir Omar. Il sursaute lorsque celui-ci s'encadre dans la porte en le hélant joyeusement. Mais le rire d'Omar disparaît en voyant le visage tuméfié d'Ali et l'état de la maisonnette. Alors, Ali raconte;

Omar l'écoute en laissant de temps à autre échapper une exclamation indignée. Devant son ami, Ali peut s'épancher; sa peine, sa colère, il les dévide en une longue litanie de paroles hachées, haletantes. Omar subit, participe, sa mâchoire se crispe nerveusement, ses yeux habituellement si doux lancent des éclairs. Lorsque Ali a terminé, il lui parle d'une voix pressante, convaincante. Ali écoute avec attention, puis acquiesce. Son visage tout à coup s'éclaire. Omar termine en disant :

— Je peux te prêter l'argent qu'il te faut, tu me le rendras plus tard.

— Oui, murmure Ali. Oh, oui!

Et il redresse son long corps courbé.

— Papa! Papa!

Djamil arrive en courant et se jette dans les bras d'Ali. Il s'accroche frénétiquement à son père, puis se met à pleurer.

— Oh! Les méchants! Les sales bonshommes!

— C'est fini, mon petit!

Omar secoue la petite tête bouclée :

— Ne pleure plus, moustique, j'ai une grande nouvelle à t'annoncer!

Omar a toujours de bonnes nouvelles.

Le Chouan lève la tête, parcourt la classe des yeux, puis annonce :

– Posez vos cahiers; je veux vous parler.

Les vingt-cinq enfants se redressent, croisent sagement les bras et attendent.

Le maître se gratte un peu la gorge, puis commence :

– Mes enfants, hier le village s'est rendu coupable d'une grave injustice : parce qu'un homme avait le teint basané, qu'il était pauvre et venait d'ailleurs, il a été traité avec mépris, accusé de vol, frappé, et l'on a tout détruit dans sa maison. Son fils, un enfant de votre âge, a été lui aussi, malmené, puis abandonné sans réconfort pendant des heures. Essayez d'imaginer un peu ce que vous auriez ressenti à sa place, et vous verrez combien tout cela était cruel. Maintenant, nous devons réparer nos torts et, par notre amitié, leur faire oublier notre attitude.

– On pourrait déjà remplacer tout ce qui a été cassé, propose une petite fille.

– Nous avons une table au garage, qui ne sert plus, je la leur donnerai, ajoute Jean-Paul.

– Moi, je trouverai de la vaisselle!

– Moi, une chaise!

– Vu que ça cause moins de souci, j'amènerai de l'argent!

– Non, Bernard! Pas d'argent! Ali n'en voudrait pas, et te donner un peu de souci, comme tu dis, te fera le plus grand bien!

Maintenant, les propositions jaillissent de toute part, personne ne veut être en reste de générosité, les yeux brillent d'excitation et de joie.

– Où allez-vous prendre tout cela?

– A la maison, monsieur!

– Sans rien dire à vos parents, peut-être?

– Oh! S'il faut leur demander, cela ne marchera pas, vu que...

– Écoutez-moi : il n'est pas question de prendre quoi que ce soit chez vous, sans l'autorisation de vos parents. C'est encore Ali qui en supporterait les conséquences!

– Mais alors...

– Laisse-moi finir, Jean-Paul. Cette autorisation, vous devez l'obtenir! Il vous suffira d'expliquer que vous, les enfants, voulez réparer le mal qui a été fait. N'ayez pas l'air de donner une leçon, les parents n'aiment pas cela. Par contre, ils peuvent admettre qu'ils se sont trompés, et seront très contents d'encourager votre générosité.

« C'est écrit là, le facteur m'a lu la lettre! Dans mon douar, on a commencé de grands travaux... Des routes, des bâtiments pour une usine! Ils ont besoin de beaucoup de maçons, de manœuvres, tous les métiers, quoi! Pas de jardiniers, bien sûr, mais cela ne fait rien, nous changerons de profession... C'est bien payé, et puis, là-bas... »

Djamil rit tout seul en marchant. Il se répète la bonne nouvelle d'Omar.

« Et puis, là-bas... » Ali allonge le pas, dépasse Omar. Là-bas, les bruits familiers du douar, les parfums, les femmes riant le soir à la fontaine, leurs yeux lourds de douceur... l'amitié, la bienveillance autour de soi!

Une heure moins le quart de l'après-midi. Une petite fille, les bras chargés, sort de sa maison... Puis une autre, puis un garçon..., un autre..., des tas d'enfants, venus de tous les coins du village. Certains ont les yeux rouges et l'air farouche, d'autres sourient. Ils se rejoignent dans la rue principale, formant une longue théorie. Le gros Bernard en tête, soufflant comme un phoque, un matelas sur le dos. Derrière avancent une pile d'assiettes, des casseroles, des couvertures, une chaise, une deuxième, Jean-Paul et sa table... Les adultes se cachent derrière leurs rideaux.

Dans la même rue principale, marchant en sens inverse, surviennent un long homme maigre, très droit, qui tient son fils par la main et, derrière eux, souriant, un large gaillard coincé dans le mince costume gris des grands jours.

Ils remontent la file indienne qui s'immobilise, stupéfaite, dans un profond silence. Un peu étonnés, le père et le fils regardent un instant, sans comprendre, ces enfants aux bras chargés, puis leur regard se tourne vers l'avenir, droit devant eux, au bout de la rue ensoleillée.

Luce sort de chez elle, portant un panier à provisions, et court les rejoindre.

– Pour le voyage, dit-elle à Ali en lui tendant le panier.

Puis elle embrasse Djamil et se met à pleurer.

Djamil, une dernière fois, traverse la cour de l'école.

– Nous rentrons en Algérie, on me promet du travail là-bas..., dit Ali au maître d'école. Je viens te dire au revoir..., et merci!

– Vous partez?

– Oui... Je ne veux plus le mal pour Djamil.

– Au revoir, monsieur, je vous écrirai, promet Djamil avec émotion.

– Au revoir, mon petit. Écris-moi, c'est cela! répond le maître.

Et sa gorge se serre de regret.

– Tu as été gentil, je me souviendrai, dit encore Ali.

Son regard brille, doux et chaud; il tend timidement sa grande main calleuse. Le Chouan la serre d'un air malheureux. Tout ce qui aurait pu être et ne sera pas, les cœurs et

les portes qui n'ont pas su s'ouvrir à temps...
Il ressent tout cela douloureusement.

Luce et le maître les accompagnent jusque sur la place. Tandis que Ali et Djamil vont rejoindre Omar, dans le fond de l'autocar, le Chouan murmure tristement :

– Nous sommes venus trop tard.

DANS LES MAÎTRES DE L'AVENTURE

AVENTURE

M.-A. Baudouy ... L'ENFANT AUX AIGLES
E. Brisou-Pellen ... LE MAÎTRE DE LA SEPTIÈME PORTE
— PRISONNIÈRE DES MONGOLS
Grand Prix du Livre pour la Jeunesse 1984
B. & V. Cleaver ... LES PIONNIERS DE LA PRAIRIE
A. Dumas .... LA TULIPE NOIRE
M. Grimaud ...... LES PIRATES DE BORNÉO
L.-N. Lavolle ..... L'ÎLE NÉE DE LA MER
— LE PRINCE DES LANDES
Y. Mauffret .... UNE AUDACIEUSE EXPÉDITION
— LE TRÉSOR DU MENHIR
J. Merrien .... L'OISEAU DE MORT DU CAP HORN
P. Pelot .... UNE AUTRE TERRE
— POUR UN CHEVAL QUI SAVAIT RIRE
— L'UNIQUE REBELLE
H. Pérol .... LA JUNGLE DE L'OR MAUDIT
F. Sautereau ...... LA VALLÉE DES ESPRITS
Grand Prix du Livre pour la Jeunesse 1987
— LA FORTERESSE DE LA NUIT
K. A. Schwartzkopf PILOTES DE L'ALASKA
I. Southall .... LES RESCAPÉS DU VAL PERDU
A. Surget .... PRISONNIER DE LA RIVIÈRE NOIRE
P. Thiès .... ALI DE BASSORA VOLEUR DE GÉNIE
Grand Prix du Livre pour la Jeunesse 1985
— LES AVENTURIERS DU SAINT-CORENTIN
— LES FORBANS DES CARAÏBES
— LE SORCIER AUX LOUPS
N. Vidal LE DESTIN AUX MILLE VISAGES
Grand Prix du Livre pour la Jeunesse 1987

POLICIER

J. Alessandrini .... LE DÉTECTIVE DE MINUIT
B. Barokas .... MYSTÈRE DANS LA VALLÉE DES ROIS
J. Bennett .... ALLÔ, ICI LE TUEUR
Boileau-Narcejac.... DANS LA GUEULE DU LOUP

—	UNE ÉTRANGE DISPARITION
—	L'INVISIBLE AGRESSEUR
—	LE CADAVRE FAIT LE MORT
S. Corgiat-B. Lecigne	UNE OMBRE EN CAVALE
J.P. Nozière	DOSSIER TOP SECRET
K. Paterson	LE VOLEUR DU TOKAÏDO
H. Pérol	RENDEZ-VOUS A HONG-KONG
J. Pestum	UN CRI DANS LES ROSEAUX
P. Thiès	ÉTÉ BRÛLANT À MEXICO

HISTOIRE

E. Brisou-Pellen ...	LA COUR AUX ÉTOILES
—	LE DÉFI DES DRUIDES
A.-E. Crompton ...	SOUVENIRS D'UN VISAGE-PÂLE
Homère	LE VOYAGE D'ULYSSE
R. Judenne	LA COLÈRE DU DIEU-SERPENT
—	LES DIABLES DE SÉVILLE
J.-C. Noguès	SILVIO OU L'ÉTÉ FLORENTIN Grand Prix des Jeunes Lecteurs 1985 Fédération des Parents d'Élèves de l'Enseignement Public
H. Pérol	LA REINE-SORCIÈRE
H. Pirotte	LE PERROQUET D'AMÉRICO
N. Vidal	LA NUIT DES IROQUOIS

ACTUALITÉS-SENIOR

S. Corgiat	LES TRAFIQUANTS DE MÉMOIRE Grand Prix du Livre pour la Jeunesse 1986
M. Grimaud	LE PARADIS DES AUTRES
C. Grenier	LE CŒUR EN ABÎME
M. Lagabrielle	LES DEUX VIES DE JÉRÉMIE
W.D. Myers	HARLEM BLUES
J.P. Nozière	MA VIE C'EST L'ENFER
N. Vidal	MIGUEL DE LA FAIM

Achevé d'imprimer le 10 mars 1989
sur les presses de Maury-Imprimeur S.A.
45330 Malesherbes

Dépôt légal : mars 1989
Nº d'imprimeur : C89/26236 P